Villa Toscane

150

Linda van Rijn

Villa Toscane

Literaire thriller

uitgeverij marmer

1

'Hè, hè.' Heleen Martina liet zich vallen op een van de oude tuinstoelen en wiste met de rug van haar hand het zweet van haar voorhoofd. In één beweging door bracht ze haar hand naar het glas dat Carlo voor haar klaar had gezet.

Carlo hield zijn eigen wijn omhoog. 'Salute.'

Heleen nam genietend een slok en hield vervolgens haar glas omhoog, zodat het zonlicht er doorheen scheen. Ze bekeek de strogele kleur, liet de drank door haar mond rollen en slikte vervolgens. 'Fruitig', oordeelde ze. 'Ik proef appel. En amandel.'

Carlo knikte. 'Weet je welke druif dit is?'

'Sauvignon blanc?'

Hij trok een gezicht. 'Nee joh, die is veel lichter. Zuiverder.'

'O.' Heleen nam nog een slok. 'Ik heb geen idee, maar het smaakt in elk geval prima. Al kan dat ook komen omdat ik de afgelopen vier uur onafgebroken kamers heb staan soppen. Alles smaakt nu prima.'

'Het is de Vernaccia di San Gimignano.'

Heleen keek op. 'Die ken ik niet.' Ze was nooit een grote wijnkenner geweest, maar sinds ze een halfjaar geleden naar Italië was verhuisd, was ze zich er meer en meer in gaan verdiepen. Ze kende inmiddels de diverse wijngebieden in het land en ze wist het een en ander over Toscaanse wijn, al haalde ze het niet bij Carlo's kennis. Hij vond het leuk om haar te verrassen met nieuwe wijnen en haar te vragen naar de druif, het jaar of de streek. Ze had het zelden goed, maar dat bedierf haar lol erin niet.

Ze nam nog een slok. 'Maar hij komt in elk geval uit de buurt?'

Carlo knikte en grinnikte. 'Hoe raad je het zo?'

'Gokje', lachte ze. Het kleine, middeleeuwse stadje San Gimignano lag op nog geen twintig minuten rijden. Het was een van de belangrijke toeristische trekpleisters van de streek.

Terwijl ze een nieuwe slok nam, liet Heleen haar blik over de omgeving dwalen. Het was laat in de middag en de zon wierp een prachtig licht over de Toscaanse heuvels. Met haar ogen volgde ze de met cipressen omgeven landweg die vanuit het dal omhoog leidde. Ze voelde een opgewonden kriebel in haar buik. Ze woonde al meer dan een halfjaar in deze streek, maar het uitzicht verveelde nooit. Het leek elke dag, elk uur, te veranderen. Vroeg in de ochtend, als de zon nog niet boven de heuvels was gestegen, baadden de contouren in een blauwachtig licht. Zodra de stralen verschenen, veranderden de kleuren. Van frisgroen in de morgen naar een lome, geelgroene schakering in het middaglicht. Tegen de tijd dat de avond viel, leek het alsof ze in een totaal andere scène terecht was gekomen. Dan liet de zon de heuvels achter in een oranjerode tint die Heleen nergens anders op de wereld had gezien en die voor haar symbool stond voor haar nieuwe thuisland. Gek eigenlijk dat het na zo'n relatief korte tijd al zo voelde.

'Mooi, hè?' zei Carlo, die haar gevoelens moeiteloos in haar blik kon lezen. 'Elke keer als ik dit zie, weet ik weer dat we de juiste beslissing hebben genomen.'

Heleen knikte en keek toe hoe Carlo haar nog eens bijschonk. Ze pakten beiden hun glas en proostten zonder woorden.

'Als iemand ons een jaar geleden had verteld dat we er nu zo bij zouden zitten, zouden we diegene voor gek hebben verklaard', zei hij.

Heleen grinnikte. 'Zeg maar gerust: laten opnemen.'

Ze zwegen allebei. Heleen dacht aan het turbulente jaar dat achter hen lag. Volgende maand was het precies een jaar geleden dat Carlo volkomen onverwacht te horen had gekregen dat zijn functie als pensioenadviseur bij de bank kwam te vervallen. De teruglopende klandizie had het management ertoe genoopt om het aantal medewerkers van de afdeling terug te brengen en op basis van het afspiegelingsprincipe was besloten dat Carlo hoorde tot de groep ongelukkigen die moest vertrekken. Een zakelijk en juridisch verhaal dat zo uit een leerboek voor human resources-medewerkers leek te komen. In het begin hadden ze het beiden niet kunnen geloven. Carlo werkte al ruim vijftien jaar bij de bank, was opgeklommen van baliemedewerker tot senior pensioenadviseur en had een aantal van de grootste klanten in zijn portefeuille. Nooit had hij een slechte beoordeling gehad, altijd had hij zijn targets ruim gehaald en nadat hij een jaar eerder niet alleen een van de grotere klanten had weten te behouden maar ook nog eens een nieuwe vis had binnengehaald, was hem off the record feitelijk een promotie in het vooruitzicht gesteld. Er zou tijdens een reorganisatie een nieuwe afdeling komen waar de pensioenen van de grotere bedrijven in ondergebracht zouden worden en het management had laten doorschemeren dat er wat hen betreft maar één kandidaat was om de leiding van die afdeling op zich te nemen. Maar ineens was de reorganisatie een heel andere kant op gegaan, was de nieuwe afdeling van de baan en stond Carlo op straat. Een uitleg had hij nooit gekregen en dat had veel frustratie opgeleverd. Gelukkig hadden ze een rechtsbijstandverzekering en hadden ze een advocaat in de arm kunnen nemen, maar, zo had Heleen inmiddels wel geleerd, in reorganisaties was zo'n beetje alles geoorloofd en de bank had hard kunnen maken dat Carlo een logische kandidaat was om de deur gewezen te worden. Dat hij altijd goed had gefunctioneerd, deed daar geen afbreuk aan. Want naar functioneren werd niet gekeken, wel naar leeftijd, dienstjaren, geslacht, functie, salaris en nog een heel rijtje andere factoren. De bank had, door hem te ontslaan, zich juist keurig aan de regels gehouden. Hadden ze alleen de jongere, nieuwere medewerkers ontslagen, dan hadden die hun ontslag kunnen aanvechten op grond van het afspiegelingsprincipe.

Die wetenschap had Heleen het gevoel bezorgd dat Carlo geofferd was om de reorganisatie juridisch kloppend te krijgen en dat had de frustratie er niet minder op gemaakt. Ook niet bij Carlo zelf. De advocaat had weliswaar de afkoopsom flink weten te verhogen, maar dat maakte het er gevoelsmatig niet anders op. En Carlo was nu eenmaal een gevoelsmens. Het feit dat hij 'afgedankt was', had hem wekenlang een mineurstemming bezorgd. Geen makkelijke tijd, want hoewel Heleen hem begreep, wilde ze zo snel mogelijk met opgeheven hoofd doorgaan. Niet alleen voor henzelf, maar vooral ook voor de kinderen. Sophia en Florian waren met hun acht en zes jaar oud genoeg om te merken dat de sfeer in huis gespannen was, zeker omdat het zomervakantie was en ze allebei thuis waren. Bovendien zag ze voldoende lichtpunten. Carlo had zoveel ervaring, hij zou vast snel weer een nieuwe baan vinden. Er waren immers banken genoeg en anders kon hij altijd nog bij een adviesbureau terecht. Financieel konden ze het een tijdje uitzingen en ze had zelf ook nog haar salaris. Als parttime vormgever bij een drukkerij sleepte ze niet meteen elke maand de jackpot binnen, maar alle beetjes hielpen.

Het tij was echter gekeerd toen haar baas niet zo lang daarna alle medewerkers bij elkaar had geroepen en een eerlijk praatje had gehouden over de stand van zaken bij de drukkerij. Vooralsnog had iedereen een baan, maar de opdrachten liepen terug, de concurrentie van goedkope internetdrukkerijtjes was moordend en hij wist niet hoelang ze het nog konden volhouden. Die mededeling had het nodige veranderd in Heleens positieve toekomstplaatje. Wat als zij haar baan ook nog zou verliezen? Konden ze hun huis dan nog wel betalen? Moesten ze het gedwongen verkopen, tegen een ongunstige prijs? Konden ze de kinderen nog wel geven wat zij nodig hadden? Oké, paardrijden en voetbal waren geen eerste levensbehoefte, maar het waren wel de grootste hobby's van Sophia en Florian. Alleen al bij het idee dat ze dat misschien niet meer konden betalen, had ze een enorme knoop in haar maag gevoeld.

Gezien de nieuwe situatie hadden ze even overwogen de zomervakantie naar Italië af te blazen, maar uiteindelijk hadden ze besloten toch maar gewoon te gaan. Heleen hoorde Carlo nog zeggen: 'Nu kan het nog.' Regelmatig realiseerde ze zich wat een goede keuze het was geweest om te gaan. Anders waren ze misschien nooit tot het inzicht gekomen dat het anders kon. Hadden ze de stap misschien wel nooit durven wagen.

Ze kon zich precies het moment herinneren dat ze de knoop hadden doorgehakt. Het was aan het einde van de vakantie geweest, na ruim tweeënhalve week in Italië. In de loop van die weken had ze Carlo zien opbloeien. Hij mocht dan in Nederland geboren zijn, zijn Italiaanse roots waren onmiskenbaar. Niet zo vreemd ook met twee Italiaanse ouders die vanwege hun werk naar Nederland waren gekomen, maar hun hart feitelijk in Italië hadden gelaten. Carlo was al net zo verknocht aan de landschappen, de mensen, de zon, het fantastische eten en de dolce vita-mentaliteit van de Italianen als zijn vader en moeder, die na zich na hun pensioen in de Noord-Italiaanse streek Piemonte hadden gevestigd. Carlo zelf had slechts twee jaar van zijn leven in het land gewoond, toen hij begin twintig was. Hij had dolgraag willen blijven, maar in de zuidelijke streek waar hij was neergestreken lagen de banen binnen zijn vakgebied niet voor het oprapen en toen hij via een vriend in Nederland een baan bij een bank kon krijgen, had hij daar toch maar voor gekozen. Gelukkig maar, vond Heleen, want een paar maanden later hadden zij elkaar ontmoet via wederzijdse vrienden en het was liefde op het eerste gezicht geweest. In de zestien jaar dat ze nu bij elkaar waren, hadden ze natuurlijk de nodige ups en downs gekend. Zoals zoveel Italiaanse mannen hield Carlo er soms behoorlijk traditionele inzichten op na. Heleen had hem vrijwel meteen duidelijk gemaakt dat ze niet van plan was de rol van zijn moeder in te nemen en dat hij, als hij gepamperd wenste te worden, bij haar aan het verkeerde adres was. Hoewel Carlo had gezegd dat hij dat begreep en dat hij ook heus niet van haar verwachtte dat ze al zijn was deed en dat het eten op tafel stond als hij thuiskwam, was dat in de praktijk precies zijn verwachtingspatroon geweest. Heleen wist dat ze het hem eigenlijk niet eens kwalijk kon nemen. Dat was het voorbeeld dat hij altijd had gehad en zoiets kreeg je er niet zomaar uit. Het had regelmatig tot felle discussies geleid, waarbij het er verhit aan toe kon gaan, volledig in lijn met Carlo's Italiaanse roots. Maar gelukkig waren ze er altijd samen uitgekomen en hoewel ze nog steeds behoorlijk konden botsen, twijfelde Heleen er nooit aan dat ze samen oud zouden worden. Er waren nog altijd genoeg momenten dat ze hetzelfde gevoel van verliefdheid had als uit het begin van hun relatie, en daarmee prees ze zichzelf gelukkig. De passies die er in hun ruzies zat, zat gelukkig ook nog altijd in hun liefde.

Niet alleen met Carlo, ook met Italië was het liefde op het eerste gezicht geweest. Ze was nog nooit in het land geweest toen Carlo haar een paar maanden nadat ze verkering hadden gekregen had meegenomen. Heleen was meteen gaan houden van alles wat Italië bijzonder maakte en gekscherend hadden ze in de loop der jaren vaak geroepen dat ze ooit naar Toscane wilden verhuizen om daar een bed & breakfast te beginnen. Maar zoals dat ging met dat soort vage dromen en ooit-scenario's, was die wens ondergesneeuwd in dagelijkse verplichtingen als werk en hypotheek. Zeker toen ze kinderen hadden gekregen, was hun wilde plan verworden tot iets wat ze in drukke tijden tegen elkaar verzuchtten en waarvan ze allebei wisten dat het simpelweg geen optie was.

Tot die ene vakantie, vorig jaar. Je baan opzeggen om je droom achterna te reizen was één ding, maar nu Carlo's baan al onvrijwillig was geëindigd en die van Heleen aan een zijden draadje hing, was er een en ander veranderd. Als er een moment was om hun droom waar te maken, was het nu. Het was Carlo geweest die er na een heerlijke week op een Toscaanse camping over was begonnen.

'Het toerisme hier blijft maar groeien', had hij gezegd, nadat ze zich aan een dagje Florence hadden gewaagd waar je zo'n beetje over de hoofden kon lopen en waar ze slechts met moeite een tafeltje op een terras hadden bemachtigd om te lunchen. Toen ze op de camping waren teruggekomen had Carlo zich met zijn iPad in de schaduw geïnstalleerd en een uurtje later kon hij Heleen allerlei feiten en cijfers over de toeristische industrie in de streek geven. Feiten en cijfers die veelbelovend klonken. Elk jaar verwelkomde Toscane weer meer toeristen dan het jaar ervoor, de eeuwenoude steden met hun prachtige bouwwerken en ongeëvenaarde cultuur bleven grote trekpleisters, net als het schilderachtige heuvellandschap, de sublieme wijnen en het voortreffelijke eten. Meer en meer verplaatsten toeristen zich uit de steden naar het platteland, waar ze verbleven op campings en in agriturismo's. Vooral die laatste accommodatievorm was opkomend en hoewel er de laatste jaren al vele waren geopend, was er volgens Carlo zeker plek voor nog eentje erbij. Daarbij had hij Heleen veelbetekenend aangekeken en ze had natuurlijk meteen geweten wat hij bedoelde.

Gek genoeg had ze in eerste instantie afwijzend gereageerd, al begreep ze inmiddels zelf niet meer waarom. Ze had vele bezwaren gezien. De kinderen waren gewend in Nederland en hadden daar hun vriendjes en vriendinnetjes, hun school, hun hobby's. Die konden ze toch niet zomaar naar Italië verslepen? Bovendien stond hun huis, net als zo'n beetje de halve huizenmarkt, onder water en de restschuld zou een aanzienlijk gat in hun spaargeld slaan. Daarnaast zouden ze zonder inkomen geen hypotheek kunnen krijgen om in Italië een accommodatie te kopen en zelfs al zou dat lukken, dan nog hadden ze allebei geen ervaring in de gastvrijheidsbranche. Maar Carlo had zich door die bezwaren niet uit het veld laten slaan. Ze konden altijd gaan praten bij de bank en met een goed ondernemingsplan moesten ze toch een lening kunnen krijgen. En misschien hadden ze geen ervaring, maar alles viel te leren. In de dagen daarna had hij een beeld geschetst van een mooie, Toscaanse hoeve met een paar kamers of appartementen, een grote tuin met een zwembad en een gezamenlijk terras, waar de gasten konden ontspannen of wekelijks konden genieten van de barbecue die Carlo zou organiseren. Heleen zou in hun agriturismo de rol van gastvrouw op zich nemen en bovendien de PR doen. Met haar achtergrond was het ontwerpen van een site en een mooie folder een eitje en daarnaast vond ze het leuk om met mensen om te gaan. Van nature was ze gastvrij, en Carlo zag geen enkele reden waarom ze geen goede gastvrouw zou kunnen zijn. Zelf zou hij in elk geval de administratie voor zijn rekening nemen en bovendien was hij handig genoeg om dagelijkse klusjes te verrichten. De kinderen zouden elke dag lekker buiten kunnen leven en nu ze nog zo jong waren, zouden ze in rap tempo Italiaans leren. Het was een kwestie van tijd voor ze nieuwe vriendjes en vriendinnetjes zouden maken. Bovendien, had hij haar voorgehouden, waren er in Italië ook paarden en voetbalclubs. Met dat verschil dat ze niet meer 's ochtends vroeg langs de lijn stonden te blauwbekken, maar lekker in het zonnetje met een goede cappuccino zouden toekijken hoe hun zoon zijn wedstrijden zou spelen. Om daarna snel terug te keren naar hun agriturismo, want 'Casa Helena', zoals hij de plek gekscherend had gedoopt, zou natuurlijk het hele seizoen lang bomvol zitten.

Luchtkastelen, dat wist Heleen ook wel, maar in de loop van de dagen daarna was ze aangestoken door zijn enthousiasme. Ze hadden het hier al zo lang over en nu kregen ze eindelijk de kans om hun droom echt waar te maken. Een kans die ze waarschijnlijk maar één keer zouden krijgen. Als ze het wilden, moesten ze het nu doen. En hoe langer ze erover nadacht, hoe liever ze het wilde. Langzaamaan was ook haar fantasie op gang gekomen. Ze had allerlei ideeën voor de styling van de kamers en verheugde zich er al op om leuke activiteiten voor hun gasten te bedenken. Bovendien zag ze zichzelf al een moestuin beginnen waar ze op biologische wijze allerlei kruiden en groenten zou telen, die ze na het plukken dezelfde avond nog in de pastasaus kon verwerken. Niks geen kant-en-klaar potten van Albert Heijn meer, maar tijd en aandacht voor echt eten. In een paar dagen tijd had ze gedaan wat ze eigenlijk in de jaren ervoor had verzuimd: stilstaan bij wat ze miste in haar leven. En ze kon niet anders dan concluderen dat ze al jaren alleen maar door denderde op hetzelfde spoor, omdat dat nu eenmaal vertrouwd was. Maar waar liep ze nog echt warm voor? Waar lag haar passie? Dat waren vragen die ze tot haar eigen frustratie niet had kunnen beantwoorden. Het enige wat ze wist, was dat ze zich bijna verliefd voelde bij het beeld dat voor haar geestesoog was verschenen. Het beeld van een Toscaanse boerderij, omgetoverd tot agriturismo, met kinderen die speelden in de zon en tussen de olijfbomen. Het beeld van pruttelende pastasaus en een houtgestookte pizza-oven, van de lekkerste cappuccino's op het terras, van Carlo en zij die sámen bouwden aan iets moois in plaats van 's avonds plichtmatig te vragen hoe hun werkdag was geweest. Het beeld van weerkaatsende zonnestralen op groenblauw zwembadwater en de lekkerste antipasti en rosé in de late middag. Natuurlijk had ze het geromantiseerd, dat wist ze ook wel, maar toen het zaadje eenmaal was geplant in haar gedachten, was er geen redden meer aan geweest. Toen ze de week erop bij zijn ouders in Piemonte logeerden, hadden ze lustig doorgefantaseerd. Ook Carlo's ouders hadden het plan meteen zien zitten, al hadden ze nog liever gezien dat hun zoon en zijn gezin zich in dezelfde streek als zij vestigden. Maar allebei waren ze daar duidelijk in geweest: het was Toscane of niks. En ondanks die kleine teleurstelling, hadden Carlo's ouders meteen beloofd hun zoon en zijn vrouw te helpen waar ze konden. Toen een paar weken later was gebleken dat die hulp zich concreet vertaalde naar een investering van ruim tienduizend euro, hadden ze richting de Italiaanse bank waar ze hadden aangeklopt, ineens een veel beter verhaal gehad. Een verhaal dat half oktober was beloond met een aanzienlijke starterslening, omdat de bank in hun ondernemingsplan geloofde en in hun eigen investering een signaal zag dat ze serieus van plan waren om van hun onderneming een succes te maken. Nog dezelfde dag had Heleen haar baan opgezegd. Carlo had meteen hun duurste fles wijn opengetrokken om het te vieren.

'Mama!' Een vrolijke kinderstem onderbrak haar gedachten. Florian kwam aangerend via het paadje dat de casa, waar ze de kamers verhuurden, met hun woning verbond. Die woning lag op twee minuten loopafstand, en werd vanaf de casa aan het oog onttrokken door een hele rij cipressen. Alleen al het feit dat de hoeve zo dichtbij hun eigen huis lag, maakte de plek zo uniek.

'Wat is er, schat?'

'Mag ik zwemmen?' Florian keek verlangend naar het bad naast de hoeve.

'Nee lieverd, papa en ik komen zo naar huis.'

'Nou...' Florian keek teleurgesteld. 'Maar ik heb het warm.'

Heleen streek over zijn donkere haar. 'Ga maar vast terug naar opa en oma, we komen er zo aan.'

Ze keek toe hoe hun zoon het paadje naar het woonhuis nam en uit het zicht verdween. Haar gedachten gleden weer terug naar het moment dat ze hadden gehoord dat ze de casa konden kopen. Daarna was het hard gegaan. Hadden ze tot dan toe een kleine slag om de arm gehouden, nu konden ze aan al hun vrienden en familie vertellen dat ze naar Italië zouden vertrekken. De reacties waren overwegend positief geweest, al wist Heleen heus wel wat er achter hun rug om werd gezegd. Er waren genoeg mensen die riepen dat ze hun verstand waren verloren door zonder enige ervaring een agriturismo te beginnen, dat het een onbezonnen plan was, dat ze het vast niet zouden redden en dat ze met hangende pootjes zouden terugkeren. Via via had Heleen schaamteloze en soms ronduit gemene opmerkingen gehoord, maar altijd had ze haar schouders erover opgehaald. Ze vreesde dat bij veel mensen de wens de vader van de gedachte was en dat zei meer over die mensen dan over hun Italië-plannen.

Zoals Heleen wel had verwacht, hadden de kinderen niet meteen staan springen bij het idee van een emigratie. Sophia was ronduit kwaad geworden, Florian was wit weggetrokken en had met een klein stemmetje gevraagd of hij

Sem en Melle, zijn twee beste vriendjes, dan nooit meer zou zien. Heleens geruststelling dat de jongens natuurlijk konden komen logeren en dat Florian in de vakanties ook naar hen toe zou kunnen, was maar ten dele aangekomen. Gelukkig had zowel Sophia als Florian de Italiaanse taal snel opgepikt en binnen een paar weken waren ze gewend op het kleine schooltje in het dorp. Nu spraken ze beiden beter Italiaans dan Heleen, die zelfs na een talencursus en veel oefenen nog regelmatig moest zoeken naar woorden of worstelde met de grammatica. Sophia was vrij snel begonnen met paardrijlessen en zeurde als vanouds om een eigen pony. Florian was lid geworden van de plaatselijke voetbalclub en hoewel die in de regionale competitie ergens onderaan bungelde, was zijn coach ervan overtuigd dat hun zoontje hét nieuwe talent van de club was. Heleen was allang blij dat hij aansluiting had gevonden en dat hij weer net zo van zijn sport genoot als in Nederland het geval was geweest.

Niet alleen die van haar kinderen, ook de reactie van haar ouders was voor haar belangrijk geweest. Ze had heus wel gemerkt dat die even moesten slikken, maar gelukkig hadden ze meteen achter haar en Carlo gestaan. Sterker nog, twee weken nadat ze naar Italië waren vertrokken, waren haar ouders hen gevolgd en de drie weken erop hadden ze hun handen uit de mouwen gestoken en geholpen met de verbouwing van de casa en het inrichten van het kleine huis iets verderop waar Carlo en Heleen met hun gezin waren gaan wonen. Uren had ze met haar moeder behang staan afstomen, muren staan verven en meubels in elkaar gezet. Het had de toch al goede band tussen hen beiden alleen maar sterker gemaakt. Dat was een van de weinige dingen die Heleen moeilijk vond aan hun nieuwe leven in Italië: even bij haar moeder op de koffie, dat ging niet meer. In plaats daarvan vloog ze zo nu en dan een weekend naar Nederland en omdat haar ouders met pensioen waren, konden ze gelukkig ook makkelijk naar Italië komen. Ook nu waren ze er weer voor een paar weken, al zat hun verblijf er bijna op. Nog twee dagen voor ze huiswaarts zouden keren. Nog steeds vond Heleen afscheid nemen niet makkelijk, maar ze had zich inmiddels wel gerealiseerd dat ze haar ouders bijna vaker – of in elk geval langer – sprak sinds hun verhuizing naar Italië. Geen vluchtige telefoontjes of etentjes meer, maar lange gesprekken in de avonduren onder het genot van een glas – of een fles – wijn. Omdat ze iets hadden wat ze in hun oude leven niet had gekend: tijd voor elkaar.

Heleen schoof haar zonnebril naar haar neus en keek naar hun prachtige Toscaanse hoeve. De terrakleurige stenen met hun brede voegen kleurden nu rood in het late middaglicht, net als de pannen op het dak. Aan de zijkant van het huis was een stenen veranda, waar een lange, houten tafel onder stond. Eens per week organiseerden ze een barbecue voor al hun gasten en dan zaten ze met z'n allen aan die tafel. Althans, met alle volwassenen. Veel mensen kwamen met twee of meer kinderen en dan was de tafel toch wat te krap. Hun nog korte ervaring had inmiddels echter al geleerd dat de kinderen over het algemeen liever in de tuin gingen spelen terwijl de volwassenen aan tafel genoten van op Italiaanse wijze bereid vlees en wijn uit de streek.

Maar daarnaast waren er ook veel gasten die de plek gebruikten om te ontbijten in de schaduw of om overdag wat te lezen of te computeren. Natuurlijk was het hele complex voorzien van draadloos internet, zo'n beetje het eerste wat ze hadden laten aanleggen. Achteraf kon Heleen wel lachen om de toestanden die dat met de telecommaatschappij had opgeleverd, maar toen ze er middenin had gezeten, was ze af en toe van pure frustratie in tranen uitgebarsten. Het was haar eerste kennismaking met het Italiaanse systeem, waarover ze al de nodige verhalen had gehoord en gelezen. Middagenlang had ze zitten wachten op monteurs die maar niet kwamen, uren had ze in de wacht gehangen bij het bedrijf om uiteindelijk tot de conclusie te komen dat er gewoon niemand opnam, minstens tien brieven had ze geschreven en pas toen ze uiteindelijk een van de onderdirecteuren aan de lijn had gekregen nadat ze een secretaresse niet de beste dag uit haar carrière had bezorgd, was de zaak opgelost. Nog de volgende dag was er een monteur verschenen die het blijkbaar doodeenvoudige klusje in twee uurtjes had gefikst.

Heleen had een hoop geleerd van de uren die het haar had gekost om dit voor elkaar te krijgen. Namelijk dat ze aan de ene kant duidelijk moest zijn in wat ze wilde, en aan de andere kant haar verwachtingen moest bijstellen. Zo hadden ze voor Italiaanse begrippen best een snelle en betrouwbare aannemer die de verbouwing van de casa voor zijn rekening nam, maar dan nog had die gedurende de hele periode ongeveer twee maanden op schema achtergelopen. Zonder zich daar erg druk om te maken. Het was eigenlijk een wonder dat het allemaal op tijd klaar was en dat ze tweeënhalve maand geleden hun eerste gasten hadden kunnen ontvangen. Hun woonhuis moesten ze nog onder handen nemen, maar dat was van later zorg. Zowel op het gebied van geld als van energie wilden ze even niks aan de woning besteden. Alles ging nu in de casa zitten, die was het belangrijkste.

Heleen keek naar de houten luiken voor de ramen van de studio-appartementen. Op het oog simpele panelen, maar ze stonden haast symbool voor het vele werk, en vooral ook het vele onverwachte werk, dat de verbouwing had opgeleverd. Plus de bijbehorende onverwachte kosten. De luiken waren een rib uit hun lijf geweest. Ze hadden echter weinig keus gehad toen tijdens de verbouwing was gebleken dat het hout van de oude luiken door en door verrot was. Schilderen had geen enkele zin en dus hadden ze de aannemer opdracht gegeven de luiken dan maar te vervangen. Zonder luiken verloor de hoeve te veel van zijn authentieke, Toscaanse uitstraling en dat vond Heleen zonde. Het was immers een van de redenen dat ze – ondanks de wat vervallen staat – als een blok voor dit huis waren gevallen. Bovendien wilden ze een typisch Italiaanse agriturismo maken en dat kon volgens haar alleen maar als alles tot in detail klopte. Dus ook de uitstraling.

Carlo had meer bedenkingen gehad. De luiken, de oprijlaan van grind, de buitenverlichting door de hele tuin, de prachtige mahoniehouten voordeur, de inrichting van de kamers, de regendouches en natuurstenen vloeren in de badkamers – tijdens de verbouwing had bijna alles hun meer gekost dan ze gebudgetteerd hadden. Ze hadden spaargeld, maar daar was door de restschuld op hun Nederlandse huis al een behoorlijke hap uit verdwenen. Wat er over was plus de lening van de bank was er in rap tempo doorheen gegaan. Tot drie keer toe hadden ze de hypotheek opgehoogd en dan nog kon Heleen tientallen dingen bedenken die ze eigenlijk wilde laten doen. De houten vloer in de ontvangstruimte kon je met veel fantasie authentiek noemen, maar was eigenlijk gewoon oud en vergaan. Ze had prachtige vloeren gezien, maar de minstens vijftienduizend euro die ze daarvoor moesten uittrekken, kon hun budget niet dragen. De olijfboomgaard in de achtertuin moest eigenlijk door een professional onder handen worden genomen, zodat de bomen volgend jaar een goede oogst zouden geven. Dan wilde ze haar eigen olijfolie gaan maken en verkopen. Maar van de offerte die ze had opgevraagd, was ze zo geschrokken dat ze dat plan maar even in de koelkast had gezet. Tot opluchting van Carlo, die als voormalig bankier de zenuwen kreeg van hun huidige financiële situatie. Heleen kon niet ontkennen dat het de hoogste tijd was dat er geld in het laatje kwam in plaats van dat het eruit vloog, maar op dat gebied maakte ze zich totaal geen zorgen. Het was half juni en ze zaten voor het komende hoogseizoen zo goed als volgeboekt.

Zelf kon ze dat ook bijna niet geloven. Veel meer dan een website bouwen, foldermateriaal ontwerpen en verspreiden en zorgen dat ze werd opgenomen op een aantal Toscane-portals had ze niet gedaan. Ze hadden uitgerekend dat als ze het eerste seizoen gemiddeld de helft van het aantal kamers zouden verhuren, ze quitte zouden draaien. Voor hun eerste seizoen leek haar dat helemaal niet slecht, maar het aantal boekingen had hun verwachtingen meer dan overtroffen. Inmiddels had ze op allerlei recensie-sites al best wat goede beoordelingen van hun casa gevonden. Vooral hun gastvrijheid werd geroemd, net als hoe mooi en schoon de kamers waren. Vooral dat laatste deed Heleen deugd. Ze hadden zichzelf nog niet de luxe van een schoonmaakster gegund en dus was ze zelf degene die elke dag stond te soppen. De goede recensies waren die moeite meer dan waard, al zou ze zodra het budget het toeliet op zoek gaan naar iemand om die taak van haar over te nemen.

Boven aan Carlo's verlanglijstje stond een tuinman, wist ze. Ze mochten dan een tweedehands zitmaaier op de kop hebben getikt, alleen al het maaien van het gras kostte hem twee uur. Daarnaast moest hij een deel van de bloemen in de tuin elke dag handmatig water geven, omdat nog niet alle delen van sprinklers waren voorzien. Door de dagelijkse klusjes kwam hij nauwelijks toe aan onderhoud, zoals snoeien en knotten. Maar toch mocht het resultaat van zijn inspanningen er zijn. De tuin zag eruit om door een ringetje te halen en zonder uitzondering kregen ze er complimenten over van hun gasten. Heleen zelf nam ook regelmatig even de tijd om erdoor te wandelen en te genieten van de bloemen en planten en van de hele aanblik. Haar blik bleef nu hangen op het terras. Daar stonden donkere loungebanken. Nu stonden de parasols nog in de opslagruimte, maar normaal gesproken maakten die het plaatje compleet. De banken zagen er een stuk uitnodigender uit dan de oude tuinstoelen waar ze nu zelf op zaten, maar ze wilden de kussens niet vies maken met de kleding waarmee ze de hele dag in en om de casa hadden gewerkt. Heleens short had een onbestemde beige kleur, terwijl de broek van oorsprong wit was geweest.

'Het was toch een goed idee om voor turqoise te kiezen', haalde Carlo haar uit haar gedachten.

Ze volgde zijn blik en staarde naar het zwembad. 'Ik ben ook blij dat we dat hebben gedaan.'

In gedachten zag ze weer de half uitgegraven kuil, het begin dat de vorige eigenaar jaren geleden had gemaakt. Door geldgebrek was het zwembad er nooit gekomen en het was aan Heleen en Carlo geweest om de aanleg verder af te maken. Ze hadden een gespecialiseerd bedrijf in de arm willen nemen, maar de aannemer had hen er uiteindelijk van overtuigd dat hij het ook kon doen, en voor minder geld. Foute beslissing, bleek al snel, nadat de graafmachine op de hobbelige zandweg naar de hoeve drie keer was vastgelopen en bij een poging om los te komen ook nog een cipres had beschadigd. Toen Carlo eind januari alsnog het gespecialiseerde bedrijf had gebeld, had hij te horen gekregen dat ze pas begin maart zouden komen, omdat het tot die tijd niet te doen was om de benodigde machines op de juiste plek te krijgen. De landweg die er nu zo vredig en vooral idyllisch bij lag, veranderde bij één regenbuitje – en daar hadden ze er dit voorjaar nogal wat van gehad – in een modderweg. Hun eigen Fiat had er dan al grote moeite mee en zeker zo'n zware machine liep vast in de sporen. Gelukkig was de klus toen het bedrijf er eenmaal aan begonnen was in vijf weken gepiept en net na de opening van Casa Helena op 1 april hadden de gasten van het zwembad gebruik kunnen maken. Het blauwgroene zwembad, dat ze op aanraden van het bedrijf hadden gekozen. Heleen had haar bedenkingen gehad, want een zwembad hoorde in haar ogen blauw te zijn. Maar nu ze zag hoe mooi de kleur in de tuin paste, had ze geen seconde spijt.

Heleen keek op haar horloge. Iets na half zes. Nog lang geen etenstijd en eigenlijk moest ze nog even de vloer in de ontvangstruimte dweilen, maar de wijn had haar een beetje loom gemaakt en de verleiding was groot om de klus tot morgen uit te stellen. Ze had de kinderen alleen vanmiddag kort gezien, toen ze met haar moeder snel even bij de casa waren geweest. Daarna waren ze met z'n drieën naar huis gegaan en hadden Carlo en Heleen hun taken bij de casa afgemaakt. Een drukke dag, omdat vanochtend drie gasten waren vertrokken en morgen vier nieuwe aankomsten gepland stonden. Het was fijn dat haar ouders er nog even waren om Sophia en Florian op te vangen.

'Laten we zo maar naar huis lopen', zei Carlo, die blijkbaar ook wel vond dat hij genoeg had gedaan voor vandaag. 'Morgen is er weer een hoop te doen en nu zijn je ouders er nog.'

Heleen nam de laatste slok wijn en kwam overeind uit haar stoel. Na zo'n hele dag in touw voelde ze haar spieren wel. Ze had nooit veel moeite hoeven doen voor haar lijn, maar sinds ze in Italië woonde bleef ze helemaal moeiteloos op gewicht, en dat zonder te sporten. Hoeveel pizza of pasta ze ook at. De hele dag bezig, in de buitenlucht, was haar natuurlijke dieet.

'Kom.' Carlo stak zijn hand uit, die Heleen vastpakte. Met zijn andere hand nam hij de fles en de twee glazen mee. Heleen keek nog één keer naar de casa en glimlachte. Daarna liep ze met Carlo de heuvel af en nam het pad dat naar hun eigen, lager gelegen huis leidde. Dankzij een rijtje bomen was het huis aan het zicht onttrokken, al was het maar een paar minuten lopen vanaf de casa. Terwijl ze de late zonnestralen op haar gezicht voelde en Carlo zacht in haar hand kneep, bedacht ze dat puur geluk zo'n beetje moest voelen als dit.

2

Heleen snoof diep terwijl ze over het pad naar de casa liep. De geur van rozemarijn en oregano drong haar neus binnen, de geur die voor haar symbool stond voor Toscane. De kruiden groeiden her en der langs het pad. In de tuin van de casa stond nog veel meer. Bijna elke avond gebruikte ze kruiden uit de tuin bij het koken. Het gaf haar het gevoel dat ze een keukenprinses en traditionele Italiaanse mama in één was.

Ze gaapte hartgrondig. Het was iets na achten en ze had dolgraag een uurtje langer willen slapen, maar de eerste gasten stonden vandaag om tien uur op de stoep. Ze had tijd nodig om de casa startklaar te krijgen en bovendien wilde ze nog wat administratie en mail wegwerken. Eigenlijk was zo'n vroege aankomst op zaterdag helemaal niet ideaal, maar ze wilde geen nee verkopen. In die positie zaten ze op dit moment nog niet, elke gast was welkom, met welke verzoeken of eisen dan ook.

Ze hoorde geritsel naast zich en een zwarte snuit kwam tevoorschijn uit de lage struiken. 'Hé druktemaker', zei ze half lachend. 'Je laat me schrikken'

De zwarte labrador kwam nu helemaal tevoorschijn en sprong hevig kwispelend rond haar voeten. In het begin hadden ze de regel gehad dat de hond niet bij de casa mocht komen, omdat Heleen bang was dat hij de gasten tot last zou zijn. Maar die regel hadden ze al snel laten varen. Nu was Amico met grote regelmaat bij de casa te vinden en bleken alle gasten dol op hem te zijn.

'Wat is er?' vroeg ze het jonge beest. 'Wil je spelen?'

Het antwoord kwam in de vorm van een groezelige tennisbal die voor haar voeten werd gegooid. Heleen raapte het balletje op en gooide het een stukje de heuvel af. De hond stoof erachteraan. Ze glimlachte. Amico deed zijn naam eer aan. Vanaf dag één was hij de beste vriend van de kinderen geweest. Eigenlijk had ze nooit veel met honden gehad. Dat was ook de reden dat ze de smeekbedes van de kinderen, die dolgraag een pup wilden, resoluut van de hand gewezen. Maar toen Florian na het nieuws van de verhuizing met grote betraande ogen had gevraagd of hij dan in elk geval een hond mocht, was ze niet in staat geweest om 'nee' te zeggen. Haar toezegging dat zijn grootste wens dan in vervulling zou gaan, had Florians tranen als sneeuw voor de zon doen verdwijnen. Carlo, ook geen uitgesproken hondenfan, had het met lede ogen aan gezien. Maar toen

Amico eenmaal zijn intrede in hun gezin had gedaan, was hij bijna nog doller op de hond dan de kinderen. En ook Heleen kon zich niet meer voorstellen dat de jonge labrador er niet zou zijn. Het gaf haar ook wel een veilig gevoel dat hij er was. Ze woonden zo'n drie kilometer buiten het dorp en vooral 's avonds was de plek behoorlijk stil en donker. Amico begroette iedereen weliswaar met een hoop gekwispel, maar alleen al het idee dat hij aansloeg als hij iets hoorde, maakte dat Heleen zich veilig voelde. Er kon in elk geval niemand onopgemerkt bij hun huis komen.

De labrador dook weer op en gooide het balletje voor haar neer. 'Goed zo, jongen', prees Heleen hem uitgebreid. 'Heel braaf.'

Amico keek haar aan aan, bijna extatisch door haar complimenten. Hij nieste de dauwdruppels van zijn snuit en duwde met zijn neus het balletje bijna tot onder haar voet. 'Ja, ja', glimlachte Heleen. 'Ik zie hem wel, hoor.'

Voor de tweede keer slingerde ze het speeltje weg en weer ging Amico erachteraan. Ze zag als laatste het puntje van zijn zwarte staart tussen de struiken verdwijnen. Hij vond niks leuker dan, als een echte jachthond, het gebied rond de casa af te speuren, maar gelukkig ging hij nooit ver weg. Wel zat hij door zijn gespeur door de struiken dan helemaal onder de modder. Heleen had geen idee waar hij achteraan ging. Volgens Florian ging zijn grote vriend op wolvenjacht en zorgde hij ervoor dat de wilde dieren uit de buurt van de agriturismo bleven. Heleen wilde hem het beeld van de hond als held niet ontnemen en dus had ze in het begin gezegd dat ze ook geloofde dat Amico hen tegen de wolven beschermde. Maar nadat Florian een paar keer schreeuwend wakker was geworden uit een nachtmerrie dat de wolven hun huis bestormden, had Heleen hem toch maar voorzichtig uitgelegd dat er in de buurt geen wolven voorkwamen. Wel in de Apennijnen, tegen de grens met Umbrië, maar dat was algauw een paar honderd kilometer verderop. Ze had hem een boek over wilde wolven gegeven, waarin hij zelf kon lezen waar de dieren wel en niet leefden. Sindsdien waren de nachtmerries verleden tijd, al hoorde ze haar zoontje nog regelmatig tegen familie en vrienden verkondigen dat zijn hond dapper genoeg was om hen allemaal tegen de wolven te beschermen. Nog los van het feit dat hier geen wolven waren, vreesde Heleen dat Amico bij een eventuele confrontatie met zijn verre voorouder zich meteen als een onderdanige pup op zijn rug zou werpen. Dat, of hij zou proberen het beest tot een spelletje met zijn flostouw te verleiden. Het was maar goed dat hij in de velden en de bossen rondom hun huis alleen maar vogels, marters en vossen tegenkwam, en zo nu en dan misschien een damhert of een ree.

Heleen bereikte de tuin van de casa en keek om of ze Amico nog ergens zag. Dat was niet het geval en ze liep naar de voordeur. Zoals altijd vervulde de aanblik van het huis en de statige toegang haar met trots. Ze ging naar binnen en snoof de geur van de ruimte op. Cement en steen, vermengd met de unieke geur van oud hout. Het was er aangenaam koel, maar toch zette ze de fans aan het plafond vast aan. Straks, als de zon haar hoogste punt bereikte, zou de temperatuur binnen aardig oplopen. Alle appartementen hadden airconditioning, maar de bijna tweeduizend euro die het gekost zou hebben om ook de centrale ruimte daarvan te voorzien, hadden ze toch maar aan iets anders besteed. Voor de gasten was dat geen probleem, Heleen zelf was degene die er het meeste last van had. Toch stond een airco niet boven aan de lijst. Het volgende op haar verlanglijst was een laptop, zodat ze die mee naar huis kon nemen en voor het verwerken van de reserveringen, het bijhouden van de site en het doen van de administratie niet meer aan de vaste computer in de casa was gebonden. Maar dat zou weer heel wat kosten en dat geld hield ze nu liever even in haar zak.

Ze liep naar het kleine keukentje achter de ruimte en zette het koffieapparaat aan. Eigenlijk waren ze niet van plan geweest om ontbijt en koffie te serveren, maar al snel hadden ze gemerkt dat daar veel behoefte aan was. Gasten hadden in hun studio's een kitchenette waar ze zelf voor ontbijt konden zorgen, maar daar had bijna niemand zin in. Het betekende ook dat ze boodschappen moesten doen en zeker de mensen die maar één of twee nachten bleven, vonden dat vaak te veel gedoe. Daarom hadden Heleen en Carlo al na twee weken besloten ook de mogelijkheid te bieden een appartement met ontbijt te boeken. Het betekende extra werk, want als gasten van de ontbijtservice gebruik wilden maken, moest Heleen al voor zevenen in de casa aanwezig zijn om broodjes af te bakken en schalen met beleg te maken. Waar ze hun kamerprijzen zo laag mogelijk wilden houden, hadden ze besloten de ontbijttarieven aan de hoge kant te maken. Dat bleek bijna niemand ervan te weerhouden de service te boeken en hoewel het veel extra werk betekende, betekende het ook een aardige bron van inkomsten. Een bron die in elk geval de aanschaf van het mooie koffieapparaat rechtvaardigde. Bijkomend voordeel was dat ze nu zelf elke ochtend van een voortreffelijk cappuccino kon genieten.

Ze startte de computer op. In haar hoofd maakte ze een lijstje wat er voor vandaag op het programma stond. Eerst de aankomst van de gasten om tien en om twaalf uur, daarna wilde ze even naar het dorp gaan om wat inkopen te doen en dan zouden er opnieuw twee families arriveren. Vanmiddag kwam bovendien de man van het zwembad langs voor wat onderhoud. Ze had dat liever gisteren gehad, omdat ze niet wilde dat hun gasten er last van hadden, maar zoals dat wel vaker ging in Italië was de man gistermiddag niet komen opdagen. Heleen had nog geen halfuur na het verstrijken van de afgesproken tijd naar het bedrijf gebeld. Aan de enigszins verbaasde reactie die zo'n telefoontje teweegbracht, was ze inmiddels wel gewend. De vrouw aan de telefoon had haar bezworen dat de man vandaag zou komen. Het viel nog te bezien. Heleen hoopte het maar, want de verstopte pomp maakte een irritant geluid en ze wist dat zulke kleine dingen een verblijf – en een recensie op internet – konden maken of breken.

De computer was met enige moeite tot leven gekomen en ze logde in op het reserveringensysteem. Er waren twee nieuwe aanvragen binnengekomen, beide voor september. Snel verwerkte ze ze en stuurde de aanvragers een bevestigingsmail met een link voor de aanbetaling en daarna opende ze het overzicht voor de aankomsten van vandaag. De Nederlandse familie die om tien uur kwam, bestond uit twee volwassenen en een peuter. Om twaalf uur kwam er een vrouw alleen. Een Italiaanse, wat Heleen op een of andere manier trots maakte. Italianen waren weliswaar vriendelijk en stonden open voor buitenlanders, maar als het erop aankwam, vertrouwden ze eigenlijk alleen restaurants en hotels die door andere Italianen werden gerund. In Casa Helena hadden ze nog maar één keer eerder een Italiaans echtpaar ontvangen, en zij hadden dan nog vijftien jaar in Nederland gewoond.

Heleen opende de mail en keek toe hoe de nieuwe berichten binnendruppelden. Ondertussen bedacht ze wat ze nog moest doen. Nieuwe mail beantwoorden, de vloer zuigen, welkomstmandjes met vers fruit en een fles casa maken, de parasols op het terras uitklappen – alles om ervoor te zorgen dat de gasten zich meteen thuis voelden en dat de casa vanaf het eerste ogenblik voldeed aan het idyllische Toscaanse plaatje dat ze in elke folder en op de site probeerde te scheppen. Ze nam een slok van haar cappuccino en rechtte haar schouders. Er was weer genoeg te doen.

'Hé mam! Oh!' Met een soort snoekduik kwam Florian de ontvangstruimte binnengezeild. Dat hij over de drempel struikelde en met zijn neus op de houten vloer landde, leek hem allerminst te deren. Hij krabbelde op en grijnsde.

'Hai lieverd', zei Heleen grinnikend. 'Doe je voorzichtig?'

'Ja hoor. Ik heb honger.'

Heleen keek op haar horloge. Bijna twaalf uur. Sinds ze in Italië woonden lunchten ze zelden voor half twee 's middags en de gewoonte om een warme maaltijd te koken, hadden ze ook overgenomen. Althans, in het weekend, doordeweeks aten de kinderen op school.

'Nog even wachten, schat', zei Heleen met een half oog op de computer. Er was alweer een nieuwe reservering binnengekomen en die wilde ze zo snel mogelijk beantwoorden. Helaas overlapte de aangevraagde datum één dag met een bestaande reservering en ze hoopte dat ze de gast kon overhalen een dagje later te komen.

'Mam, er komt een auto aan!' riep Florian, die inmiddels weer naar buiten was gestormd. Heleen hoorde geblaf, wat betekende dat Amico ook weer terug was. Snel stond ze op en liep naar buiten. Hoe lief de labrador ook was, ze wilde niet dat die bij het toegangshek de gasten begroette. Niet iedereen was immers hondenliefhebber.

'Florian!' riep ze. 'Neem de hond eens mee. O, hai mam.' Ze zag nu pas dat haar moeder mee was gekomen. 'Ik ga even onze nieuwe gast inchecken.'

'Rustig aan, schat', antwoordde Trudy Verheijen. 'Ik neem Florian wel mee. En die andere druktemaker.'

Die andere druktemaker bevestigde zijn aanwezigheid nog maar eens met geblaf, wat hem op een standje van Heleen kwam te staan. Kwispelend incasseerde hij de bestraffende woorden, waarna hij zich door Trudy liet meevoeren naar de achterkant van het huis.

Heleen keek naar de kleine, zwarte Fiat die het terrein op reed. Het grind knerpte onder de banden toen de auto tot stilstand kwam op een van de parkeerplekken onder de bomen. Het portier ging open en er stapte een slanke dame van haar eigen leeftijd uit. Heleen liep op haar af en stak haar hand uit. 'Benvenuto', zei ze met een warme glimlach.

'Grazie.' De vrouw beantwoordde haar handdruk met een nogal slap handje.

Heleen kon haar ogen niet zien, omdat die schuilgingen achter een grote zonnebril.

'Kom verder', zei ze in het Italiaans. Ze ging de vrouw voor naar de ontvangstruimte. Op de receptie had ze het papierwerk al klaar liggen, zodat dat snel kon worden afgehandeld. Het was vooral een kwestie van een paar handtekeningen zetten, naam- en adresgegevens had Heleen allemaal al ingevuld op basis van de informatie die de vrouw bij de reservering had gestuurd. Zodoende wist ze dat Isabella Traviore afkomstig was uit de Zuid-Italiaanse kustplaats Taranto.

'Op vakantie hier?' vroeg ze terwijl ze de vrouw een pen overhandigde en aanwees waar de handtekeningen moesten komen.

Isabella haalde haar zonnebril van haar neus en schoof die in haar haar. Ze keek Heleen aan en knikte. 'Ja. Ik ben dol op Toscane.'

Op dat moment kwam Florian met een rotgang de hoek om. Bijna struikelde hij weer over de drempel, maar hij hield zich staande. 'Mam!' riep hij met opwinding in zijn stem. 'Amico heeft...'

'Ssst', zei Heleen. 'Florian, ik ben even bezig, ik kom er zo aan.'

'Maar hij heeft een hert weggejaagd. Die stond ineens in de tuin en...'

'Flo', zei ze dwingender, met een verontschuldigend lachje naar haar gast.

'O...' Het jongetje leek de andere vrouw nu pas in het oog te krijgen. 'Sorry, mam. Buongiorno.' Dat laatste was voor hun gast bedoeld. Die keek naar het jongetje en antwoordde met een knikje. Daarna schoof ze de papieren terug naar Heleen.

Florian rende weer naar buiten. Heleen hoorde hem naar haar moeder roepen terwijl hij om de casa heen rende.

'Laat mij je bagage nemen', zei Heleen, terwijl ze de kleine weekendkoffer van haar gast overnam. 'Ik zal je het appartement laten zien.'

Isabella volgde haar de trap op. Heleen opende de eerste deur aan de rechterkant met een sleutel en hield die open, zodat Isabella als eerste het appartement kon betreden.

De vrouw keek bewonderend om zich heen. 'Erg mooi', zei ze, duidelijk aangenaam verrast.

Heleen glimlachte. 'Dank je.'

Ze keek de ruimte rond met de blik van een gast. Het eerste wat opviel waren de ramen, waarvan de luiken openstonden, en de openslaande deuren waarachter een hekje zat. Een balkon kon je het niet noemen, op het kleine randje kon net één volwassene staan. De deuren waren vooral mooi voor het statige aanzicht, dat werd versterkt door de lange, witte vitrage waarvoor Heleen had gekozen. In de hoek van de kamer stond een tweepersoonsbed, aan de andere kant was een zitje gemaakt met een mooie grijze bank en twee fauteuils. De bank kon tot bed worden omgebouwd, waar met gemak twee kinderen in pasten. Naast het zitje was een wandje geplaatst, waarachter zich het kleine keukenblok bevond. De wandjes waren pas op het laatste moment in de kamer geplaatst. Eerst had Heleen het niet nodig gevonden, maar toen de kamers bijna klaar waren, had ze zich ineens aan het aanzicht van de keuken geërgerd. Carlo begreep nog steeds niet wat het probleem was, maar Heleen was blij dat ze de simpele wandjes erdoor had gedrukt. Ze maakten wat haar betreft het verschil in de kamer.

'Bedankt', zei Isabella Traviore met enige nadruk.

'Als er iets is, dan hoor ik het graag', zei Heleen, die meteen begreep dat haar aanwezigheid niet langer op prijs werd gesteld. 'Ik ben beneden bij de receptie.'

'Bedankt.'

'Het ontbijt kan morgen tussen zeven en tien op de kamer worden gebracht. Zou het lukken om voor vanavond acht uur door te geven welke tijd je graag wilt?'

'Natuurlijk. Ik loop straks wel even langs.'

Heleen knikte en verliet de kamer. Met een klikje viel de deur achter haar dicht. Ze liep snel naar beneden waar ze Florian in de tuin hoorde. Er waren meer kinderstemmen. Toen ze ging kijken, zag ze dat haar zoon speelde met het peuterzoontje van de vanochtend gearriveerde Nederlandse gasten. Althans, met een geduld dat ze niet van hem was gewend gooide hij elke keer de bal naar het jongetje, dat finaal miste met vangen en Florian vervolgens de bal liet ophalen. Amico vond het wel een mooi spelletje en ging er enthousiast happend achteraan.

Heleen liep naar het terras, waar ze de ouders van het jongetje met hun babydochter trof. 'Hij heeft het hier wel naar zijn zin!' riep Sylvia, de moeder, vrolijk. 'Wat een verschil met gisteren, toen hij alleen maar in de auto zat te klagen en te klieren.'

'Ja, dat het een eind rijden is, is een nadeel', zei Heleen. 'Maar als je hier eenmaal bent, is het genieten.'

'Zeg dat wel. Onze enige zorg is waar we straks nou weer moeten gaan eten. En dat kun je nauwelijks een zorg noemen, want we zijn in de tien jaar dat we in Toscane op vakantie gaan, nog nooit een slecht restaurant tegengekomen.'

Heleen grinnikte. 'Wat niet wil zeggen dat ze er niet zijn, hoor. Vooral in de steden kom je tenten tegen die kant-en-klare diepvriespizza tot de specialiteit van het huis hebben gemaakt. Maar gelukkig is de standaard over het algemeen inderdaad hoog.'

'Heb je suggesties voor een leuk restaurant in de buurt?'

Heleen noemde de twee restaurantjes in het dorp. Beide durfde ze zonder twijfel aan haar gasten aan te bevelen omdat het eten er altijd voortreffelijk was. Bovendien had ze met de eigenaars de afspraak gemaakt dat ze hun gelegenheden zou aanraden, in ruil voor dat zij andersom hetzelfde deden met de casa. Zeker vier keer had Heleen gasten gehad die via een van de restaurants bij Casa Helena terecht was gekomen.

'Dan gaan we daar vanavond eens kijken', zei Sylvia. 'Gewoon een kwestie van de heuvel afrijden, neem ik aan?'

'Precies. Als je alsmaar rechtdoor blijft rijden, kom je in het dorp. Beide restaurants zitten aan de hoofdstraat, je rijdt er vanzelf op af. Ik kan een reservering maken als jullie dat willen.'

'Is het nodig?'

Heleen haalde haar schouders op. 'Als je op tijd gaat, is er sowieso nog wel plek. Misschien dat het later vanavond wel drukker is, maar het hoogseizoen is nog niet begonnen.'

'We gaan wel op tijd. Als Jurre laat te eten krijgt, is hij niet te genieten. Net zijn vader.' Ze lachte naar haar man, die nauwelijks leek te luisteren. Hij had zijn blik gericht op de voetbalverrichtingen van zijn zoontje.

'Laat maar weten als het alsnog nodig is', zei Heleen. 'Of als ik iets anders voor jullie kan doen.'

Ze liet het echtpaar alleen en liep naar haar moeder, die samen met Carlo bij de kruidentuin stond. Ze haakte haar arm om de middel van haar man en drukte een kus in zijn nek. 'Ook goedemorgen.'

'Hé, ik ben al uren op, hoor', zei hij quasi-beledigd. 'Ik heb onder andere onze dochter naar het verjaardagsfeestje van haar vriendinnetje Lena gebracht.'

'Oh,' zei Heleen geschrokken, 'was dat vandaag?'

'Blijkbaar, want Lena's moeder belde waar ze bleef. Toen was ze al een halfuur te laat.'

'Ik dacht dat het volgende week was', zei Heleen beschaamd. 'Had ze wel een cadeautje?'

'Dat hebben we nog snel even gescoord.'

'Wat erg. Terwijl Lena's moeder nou een van de weinigen is die alles altijd goed regelt. Lena komt nooit te laat.'

'Ach joh,' zei haar moeder schouderophalend, 'ze begrijpen echt wel dat als je zeven dagen per week werkt, je af en toe iets vergeet. Iedereen weet toch dat jullie nog in de opbouwfase zitten met Casa Helena.'

Heleen gaf geen antwoord. Haar moeder had wel gelijk, maar toch baalde ze ervan. Ze was juist zo blij dat haar kinderen zo makkelijk werden opgenomen in de groep en dat ook zijzelf weinig moeite hadden hoeven doen om door de dorpsbewoners geaccepteerd te worden. In het begin waren de locals wat afwachtend geweest, maar toen was gebleken dat ze serieuze plannen hadden met Casa Helena, was hun houding al snel opener geworden. En zeker nu de agriturismo veel gasten bleek aan te trekken, waren de meeste dorpelingen vooral blij met de accommodatie net buiten de bebouwde kom. Het betekende niet alleen extra omzet voor de restaurants, ook de lokale supermarkt profiteerde ervan en dankzij de schilderijen die Heleen in de receptieruimte had opgehangen, pikten twee kunstenaars in het dorp een graantje mee. Al drie gasten waren met een werk naar huis gegaan.

'Enig idee hoe laat ze weer thuis is?' vroeg ze aan Carlo. 'En moeten we haar ophalen? Twee keer niet komen opdagen is wel een beetje veel van het goede.'

Haar man gaf geen antwoord.

Ze keek naar hem op, maar hij sloeg geen acht op haar. Zijn ogen waren langs haar heen gericht, naar de casa.

'Wat is er?' vroeg Heleen, zijn blik volgend. Ze zag de twee kinderen op het grasveld en de gasten onder de parasol.

'Wie is dat?' vroeg Carlo.

'Die mensen op het terras? Dat zijn gewoon onze gasten.'

'Nee, ik bedoel die vrouw daarboven.'

Heleen keek iets hoger en zag Isabella tussen de openslaande deuren staan. 'Dat is onze Italiaanse gast', zei ze. 'Volgens mij had ik dat nog helemaal niet verteld. Dat is al de tweede keer dat we een Italiaan mogen verwelkomen hier. Weet je nog dat we in het begin zeiden: als de Italianen bij ons willen verblijven, dan hebben we iets goeds neergezet.' Ze keek naar haar man. 'Ze dienen zich nog niet met bosjes tegelijk aan, maar blijkbaar kan onze casa wel op enige goedkeuring rekenen. In elk geval ziet de site er goed genoeg uit, want zij heeft ook via onze eigen website geboekt.'

Carlo knikte. 'Dat is goed nieuws, schat.'

Hij leek nog steeds wat afwezig. Heleen porde hem in zijn zij. 'Hé, hallo, ik sta hier, hoor.'

Nu keek Carlo wel naar haar en grijnsde. 'Ik zie het.'

'Nou, je stond anders zo naar haar te kijken.' Heleen wisselde een blik met haar moeder. Ze kende de reputatie van Italianen op het gebied van vrouwen maar al te goed. Te zeggen dat ze hun ogen niet in hun zak hadden zitten, was een understatement. In de loop der jaren had ze regelmatig met Carlo gebotst over zijn soms ronduit flirterige gedrag naar andere vrouwen toe, maar inmiddels wist ze dat dat feitelijk weinig voorstelde. Het zat in zijn zuidelijke aard. Toch vond ze het nog altijd niet leuk, al durfde ze met zekerheid te zeggen dat hij haar nooit zou bedriegen. Ze had hem heel duidelijk gemaakt dat het dan meteen over zou zijn met hun huwelijk, en ze wist dat dat het voor hem nooit waard zou zijn.

'Hoe heet ze eigenlijk?'

'Oh, nu moet je ophouden!' Heleen gaf hem plagend aan klap. 'Ze heet Isabella, als je het echt wilt weten. En je hebt alleen toestemming om haar aan te spreken als ze daar uitdrukkelijk om vraagt. Verder ben je hier ingehuurd om de tuin te doen, dus ik weet niet waar je nog op wacht, maar volgens mij hoor ik die olijfbomen daar smeken om gesnoeid te worden.'

Carlo keek haar aan. 'Het is maar goed dat ik over de tuin ga en jij niet. Als je iets níet moet doen in deze tijd van het jaar, is het die bomen snoeien. Dan gaan alle sappen...'

'Oké, oké, het is al goed', onderbrak Heleen hem. 'Ik ga in elk geval even naar het dorp om wat inkopen te doen, maar ik ben voor drieën terug. Dan komen er weer twee gasten. Ga je mee, mam?'

'Dat is goed, lieverd. Ik wil nog wat olijfolie inslaan bij dat lekkere winkeltje. Als we straks weer thuis zijn, kunnen we toch nog een beetje nagenieten van Italië.'

'Misschien moeten we kleine flesjes olijfolie kopen en die bij vertrek meegeven aan de gasten', zei Heleen nadenkend. ‘Als ze dan thuis zijn, willen ze dolgraag terug en boeken ze meteen hun verblijf voor volgend jaar.’

Haar moeder schoot in de lach. ‘Jij kunt nog geen vier seconden níet aan je gasten denken, hè?’

3

‘Niet te geloven, volgens mij zit de halve huisraad uit Casa Helena hierin’, bromde Hein Verheijen goedmoedig. ‘Ik zal de fysiotherapeut maar vast bellen, want dit kost me zes weken herstel.’

Hij zette de zware koffer van zijn vrouw op het karretje van de luchthaven en ging verder met zijn eigen bagage.

‘Ik heb gisteren nog even wat olijfolie gekocht’, zei Trudy. ‘Die lekkere, waar jij ook geen genoeg van kan krijgen. Als we straks thuis zijn, ben je alleen maar blij met die flessen.’

‘Ik vrees dat we die zo meteen moeten inleveren wegens overbagage.’

‘Ach joh, dat valt best mee. Ik heb het gisteren op Heleens weegschaal geprobeerd en die koffer van mij weegt net aan twintig kilo.’

'Ah, maar Heleen zet haar weegschaal standaard op min drie kilo', zei Carlo met een grijns naar zijn schoonvader.

'Kletsen jullie maar', zei Trudy nuffig. 'Ik ben blij met mijn olie.'

'Oké, alles staat erop', meldde Hein. 'Als de wielen van dit arme karretje het houden, kunnen we gaan.'

Carlo sloot de auto af en ze liepen naar de vertrekhal van de luchthaven van Pisa. De vlucht naar Amsterdam zou pas over een kleine drie uur vertrekken, maar haar ouders wilden altijd ruim van tevoren op het vliegveld zijn, wist Heleen. Alleen al voor het ritje van nog geen uur naar het vliegveld, trokken ze minstens anderhalf uur uit.

Florian ging naast zijn grootmoeder lopen en pakte haar hand. 'Ik wil helemaal niet dat jullie weggaan, oma.'

'Wij ook niet, schat. We hebben drie heerlijke weken bij jullie gehad.'

'Maar jullie kunnen toch blijven? Waarom komen jullie niet ook in Italië wonen.'

'Dat weet je toch, Flo.' Dat was Sophia, twee jaar ouder en vooral in haar eigen ogen, vele malen wijzer. 'Opa en oma hebben hun hele leven in Nederland. Hun sociále leven, en zo.'

Heleen wisselde een blik met haar moeder. 'Precies, wijsneus', zei ze tegen haar dochter. 'Bovendien geniet je er nu veel meer van als opa en oma er zijn. In september komen ze weer.'

'Gaan wij in de vakantie naar Nederland?' vroeg Florian hoopvol. 'Dan kan ik met Sem en Melle spelen.'

'Dat moeten we nog even bekijken', antwoordde Heleen. 'We kunnen misschien wel een paar dagen gaan, maar het is erg druk in de casa.'

'Nog een paar jaar, dan kun je gewoon in je eentje met het vliegtuig komen', zei Trudy.

'Dat kan ik nu ook wel, hoor', antwoordde Florian stoer. 'Da's toch een makkie? Ik moet hier instappen en daar weer uitstappen. Alleen mama vindt het eng als ik alleen ga.'

'Doodeng', knikte Heleen. 'Straks stap je per ongeluk op het vliegtuig naar China en dan moeten we je gaan zoeken in Peking.'

'Wow! Gaan er vanaf hier vliegtuigen naar Peking?'

Heleen lachte en schudde haar hoofd. 'Nee lieverd, dat was een grapje.'

'Oh', antwoordde Florian teleurgesteld. Om twee seconden later alweer vrolijk uit te roepen: 'Hé kijk, oma, volgens mij komt jullie vliegtuig net aan!' Hij wees naar een witte Boeing van Transavia, die richting de landingsbaan vloog. 'Wow, volgens mij stort hij neer!'

'Ik hoop het niet', zei Trudy.

'Hij wel. Dat zou hij spectaculair vinden.' Heleen moest lachen om haar zoontje. Hij was al sinds hij peuter was gefascineerd door vliegtuigen en keek het liefst naar programma's waarin de grote vliegrampen van de afgelopen eeuw tot in detail werden geanalyseerd. Zelf moest ze weinig van dat soort televisie hebben, vooral niet als ze binnenkort een vlucht gingen maken. Ze was helemaal niet bang om te vliegen, maar ze wilde ook niet weten wat er allemaal mis kon gaan.

'Jeetje, wat een rij.' Trudy keek met enige wanhoop naar het enorme lint van mensen voor de balie van Transavia. 'Daar zijn we voorlopig niet doorheen. Ik denk dat jullie beter terug kunnen gaan, het heeft geen zin om hier met ons te wachten.'

Heleen knikte wat aarzelend. Het zou zeker een uur duren voor haar ouders hun bagage konden inleveren. Ze konden de tijd goed gebruiken, want ze hadden de kinderen een bezoekje aan San Gimignano beloofd, waar de beste ijssalon van de regio gevestigd was. En daarnaast had ze nog genoeg te doen in de casa. Maar aan de andere kant wilde ze niet onhartelijk lijken.

'Ga nou maar', zei haar moeder, die haar aarzeling opmerkte. 'Wij redden ons echt wel, hoor.'

'Weet je het zeker? We kunnen best even wachten.'

'Waarop? Je kent je vader toch: zodra de koffers zijn ingeleverd, wil hij naar de gate. Hij wordt bloednerveus als we daar niet als eersten en minstens een uur voordat het boarden begint plaatsnemen.'

Heleen schoot in de lach. 'Ik vrees dat je gelijk hebt. Oké, mam, dan gaan wij naar San Gimignano.'

Ze namen afscheid en nadat Florian nog drie keer was teruggelopen voor een knuffel van zijn oma, liepen ze de vertrekhal uit. Even later waren ze bij de auto. Heleen voelde zich een beetje ontheemd, zoals altijd wanneer familie na een bezoek weer huiswaarts keerde. Last van heimwee had ze niet, maar op momenten als dit konden er nog weleens tranen komen. Dat wilde ze echter niet aan haar kinderen laten zien, dus slikte ze, rechtte haar rug en zette een glimlach op. 'Ik ga voor vijf bolletjes!' riep ze vrolijk naar de achterbank. 'Maar ik wed dat jullie dat niet op kunnen.'

'Echt wel', antwoordde Sophia. 'En ik weet ook al welke ik neem.'

'Ik neem wel zes bolletjes!' deed Florian er nog eens een schepje bovenop. 'Of nee, zeven!'

'Dan mag je wel snel eten', bromde Carlo, terwijl hij het parkeerterrein af reed. 'Anders is de onderste al gesmolten voor je de bovenste op hebt.'

Iets meer dan een uur later parkeerde Carlo de auto net buiten San Gimignano. Het centrum van het ommuurde middeleeuwse stadje was alleen te voet bereikbaar, en dat was precies wat Heleen er zo mooi aan vond. De smalle straatjes en oude gebouwen ademden de sfeer van vele eeuwen geleden. Ze kon er uren ronddolen en wegdromen op een van de terrasjes, al kwam ze daar jammer genoeg maar weinig aan toe. Ook vandaag niet, want Sophia en Florian zetten rechtstreeks koers naar hun favoriete ijssalon op het centrale plein. De Gelateria di Piazza mocht zich de wereldkampioen ijs maken noemen en dat was te merken aan de klandizie. Zoals gewoonlijk was het er bomvol. In de kleine zaak stonden de klanten drie rijen dik en ook voor de deur was het een drukte van belang. Carlo en Heleen sloten aan, terwijl de kinderen naar de waterput in het midden van het plein liepen. Vooral Sophia vond het fascinerend dat de put uit de veertiende eeuw stamde, zeker nu ze op school net bezig was de middeleeuwen te behandelen. Heleen keek toe hoe de kinderen eerst een blik in de put wierpen en daarna tussen de vele toeristen een plekje op de trappen eromheen zochten. In de volle zon, die op dit tijdstip op z'n felst was. Zoals wel vaker verbaasde ze zich erover hoe goed de kinderen tegen de warmte konden. Nog steeds hamerde ze er elke ochtend op dat ze zich goed insmeerden met zonnebrand, maar eigenlijk was het nauwelijks nog nodig. Hun huid leek helemaal gewend aan het leven in de zon.

Zelf was ze blij dat ze in de schaduw stonden. Ze was dol op het lekkere weer, maar echt gewend aan de felle zon was ze nog niet. Carlo kon er veel beter tegen. Hij beweerde dat zoiets in je bloed moest zitten, en dat hij het aan de kinderen had doorgegeven. Heleen mocht graag terugkaatsen dat zij er gewoon niet voor was gemaakt om stil te zitten en dat de rest van hun gezin uit luiwammessen bestond. Dat was niet eens helemaal onwaar. Anders dan Carlo en de kinderen had zij het geduld niet om een hele middag bij een zwembad of op het strand te liggen. Een uurtje een boek lezen ging nog wel, maar daarna werd ze onrustig. Dat gold trouwens ook als ze moest wachten, zoals nu. Ongeduldig keek ze de zaak in, waar een hele groep medewerkers heen en weer liep om iedereen van de gewenste ijssmaken te voorzien. Hoe snel ze ook werkten, de rij leek niet veel korter te worden.

Uiteindelijk bereikten ze dan toch de toonbank, waar ijs in alle kleuren en smaken te zien was. Florian en Sophia hadden zich weer bij hen gevoegd en lazen zonder problemen alle bordjes in het Italiaans.

'Jij wist toch al wat je nam?' voeg Heleen aan haar dochter.

'Dat dacht ik, maar er zijn weer allemaal nieuwe smaken. O, kijk, witte chocolade en watermeloen. Die neem ik.'

'Ik wil die', wees Florian.

'Gorgonzola en hazelnoot?' vroeg Heleen met enige verbazing. 'Weet je het zeker?'

'Lekker toch?'

Ze grinnikte. 'Raar kind ben je toch.'

'Ik neem die ook', kondigde Carlo aan.

Heleen keek op alle kaartjes. Ze maakte er een sport van nooit twee keer dezelfde ijssoort te bestellen, wat in deze salon niet zo moeilijk was. Het aanbod wisselde voortdurend en de ijsmaker wist de meest onwaarschijnlijke smaken tot sensationeel ijs te combineren. 'Arabisch ijs', las ze hardop. 'Bombay, Madagascar. Ik denk dat ik een wereldreis van mijn ijsje ga maken.'

Even later hadden ze alle vier een bakje in hun hand en liepen ze door de steegjes van het oude stadje. Carlo had een combinatie gemaakt van allerlei specialiteiten. 'Frambozen en rozemarijn', zei hij. 'Het zal mij benieuwen.'

'Ik wil zo een hapje proeven van je grapefruit en champagne', zei Heleen. 'Dat klinkt ook wel bijzonder.'

'Hier.' Carlo hield zijn lepeltje voor haar neus en ze nam een hap.

'Lekker.'

'Had ik trouwens gezegd dat ik vanavond weg ben?'

Heleen fronste. 'Waar moet je heen?'

'Ik hoorde gisteren in het dorp dat er een bijeenkomst van de ondernemersvereniging is. Daar zijn we lid van geworden, maar ik geloof dat het niet zo'n heel erg georganiseerde club is. De vergaderingen vinden plaats met grote onregelmatigheid en worden een dag van tevoren aangekondigd.' Hij grinnikte. 'De Italiaanse methode, zeg maar.

Maar het lijkt me goed om te gaan. Wie weet kunnen we meedoen met leuke acties die ze organiseren.'

'Het is sowieso goed om de contacten te hebben', vond Heleen. Ze keek op haar horloge. 'Zullen we zo maar eens teruggaan? Rond half vier komen er nieuwe gasten aan.'

'Geen tijd voor een drankje op een terras?'

Ze liepen net voorbij een klein restaurantje en Heleen keek verlangend naar de paar tafeltjes, die zo waren geplaatst dat je optimaal van het uitzicht over het Toscaanse landschap kon genieten. Toch schudde ze haar hoofd. 'Laten we dat maar niet doen. Ik moet het welkomstpakket nog klaarzetten en bovendien wil ik niet te lang weg zijn bij de casa.'

'Je hebt gelijk. Jongens, kom!' Dat laatste was bedoeld voor Sophia en Florian, die een stukje achterop waren geraakt. 'We gaan naar huis.'

'Tot straks. Wacht maar niet op mij, het kan wel laat worden.'

'Oké.' Heleen duwde de vaatwasser dicht en controleerde of die begon te spoelen. Daarna kuste ze Carlo gedag. 'Veel plezier.'

'Plezier? Het is een serieuze vergadering, hè?'

'Yeah right. Nou, geniet van je glaasje water dan.' Heleen kende inmiddels de gewoonte van Italianen om geen gelegenheid voorbij te laten gaan de wijn te laten vloeien. Ze keek toe hoe Carlo twee flessen uit het rek haalde en die meenam. 'Dag, schat.'

Hij zwaaide nog even en toen viel de deur achter hem dicht. Heleen keek uit het keukenraam en zag hem in hun oude Fiat stappen. Helemaal in het begin hadden ze het optimistische idee gehad dat ze voor het kleine stukje naar het dorp best de fiets kon gebruiken. Carlo had het één keer geprobeerd, Heleen had het precies twee keer volgehouden. Nadat ze de banden lek had gereden op de vele kuilen en hobbels en druipend van het zweet met verzuurde benen bij hun huis terug was gekeerd, had ze besloten dat de heuvel te steil was om tegenop te fietsen. De enige van hen die het nog weleens deed was Florian, met zijn mountainbike.

Toen de auto uit het zicht was verdwenen, draaide Heleen zich om. Ze snoof even. In de keuken hing nog steeds de geur van basilicum, wat ze vanavond in ruime mate in de pastasaus had gebruikt. Ze had van Carlo's moeder wel veertig recepten gekregen en ze was ze één voor één aan het proberen. En dat terwijl ze thuis al vond dat ze culinair bezig was als ze een zakje gesneden groenten van Albert Heijn door kant-en-klare saus roerde.

Ze keek op de klok. Iets na negenen. Het was bedtijd voor de kinderen. Die wisten dat zelf ook en hielden zich al een tijdje opvallend rustig. 'Florian!' riep ze. 'Waar ben je?'

Ze luisterde even. Geen antwoord. 'Flo! Melden bij mama!'

In de tuin hoorde ze Amico blaffen en ze liep naar buiten. Florian had zo'n beetje het volledige speelgoedarsenaal van de hond op het gras uitgestald en gooide het ene na het andere speeltje weg. Amico ging er met niet-aflatend enthousiasme achteraan.

'Flo! Bedtijd!'

‘Ah nee, ik moet nog...’

‘In bad, jij’, onderbrak Heleen zijn protest, dat ze inmiddels maar al te goed kende. ‘Morgen moet je naar school.’

Onder luid gemopper begon Florian de speeltjes bij elkaar te pakken. Wat Heleen uit zijn klaagzang begreep was dat het zwaar oneerlijk was en dat zijn vriendjes allemaal pas om elf uur, of zelfs nog later, naar bed mochten. Ze negeerde hem en ging op zoek naar Sophia, die ze op de veranda vond, verdiept in iets op de iPad.

‘Hm-hm’, reageerde ze toen Heleen aankondigde dat het tijd was om te gaan slapen. ‘Zo meteen.’

‘Nee, nu.’

‘Hm-hm.’

Heleen zuchtte en rolde met haar ogen. Als Sophia een scherm voor haar neus had, was het bijzonder lastig om contact te krijgen. Ze liep op haar dochter af en pakte de tablet uit haar hand. ‘Kom op, douchen en naar bed.’

Tien minuten later had ze allebei haar protesterende kinderen naar boven en naar de badkamer gedirigeerd, nog eens twintig minuten later lagen ze allebei in bed. Heleen liep naar Florian, die de kleinste kamer van het huis had. Meer dan zijn bed, een bureau en een kleine kast pasten er niet in. Niet dat dat uitmaakte, hij gebruikte de kamer alleen om te slapen.

‘Welterusten lieverd’, zei ze toen ze hem instopte. Hij mompelde nog wat, maar was al half in slaap. Heleen deed het licht uit en sloot de deur achter zich. Daarna liep ze naar Sophia’s kamer. Die was iets groter en volledig behangen met posters. Van paarden tot bands die Heleen niet kende – Sophia wilde alles wat haar in haar leven bezighield in beeld aan haar muur zien. Heleen vond het een verschrikking, maar ze liet het maar zo. 'Tien minuten lezen en dan het licht uit, oké?'

'Oké', stemde haar dochter in. 'Welterusten, mam.'

Heleen sloot ook deze deur achter haar, ruimde snel de badkamer op en liep naar beneden. Het was al bijna kwart voor tien. Eigenlijk vond ze dat de kinderen gewoon om acht uur in bed moesten liggen, net als in Nederland, maar hier in Italië was dat veel lastiger voor elkaar te krijgen. Het betekende dat ze om zeven uur al moesten eten en dat zat gewoon niet meer in haar systeem. En ach, zolang Florian en Sophia niet tijdens de les in slaap vielen, hoefde ze zich vast geen zorgen te maken.

Inmiddels was het buiten donker geworden. Heleen liep via de keuken naar de bijkeuken, waar de deur naar de veranda was. Aan de andere kant van het huis bevonden zich openslaande deuren, die toegang boden tot het terras en de tuin. Daar kon je ook 's avonds heerlijk zitten, maar zolang Carlo de lamp die hij al tijden beloofde nog niet had opgehangen, was ze om te lezen op de veranda aangewezen. Ze pakte de spannende thriller waar ze al tijden in bezig was, schonk zichzelf een glas chianti in en installeerde zich in een van de gemakkelijke stoelen, onder de lamp die net genoeg licht gaf om te lezen. Even later was ze helemaal in het verhaal verdiept.

Heleen schrok op van een geluid niet ver van de veranda. Amico, die naast haar op zijn kleed lag te slapen, tilde zijn kop op en begon zwak te kwispelen. Heleen keek naar hem terwijl ze haar hart voelde bonken. Had hij het geluid ook gehoord, of reageerde hij alleen maar op haar beweging?

Ze legde haar boek weg en bleef stil zitten. Ze spitste haar oren, maar hoorde niks anders dan de gebruikelijke geluiden van de avond: het ritmische getjirp van krekels, af en toe vermengd met het geroep van een vogel. Ze ontspande, Amico legde zijn kop weer op zijn poten en even later klonk zijn vertrouwde gesnurk. Heleen staarde wat voor zich uit. Met zowel haar ouders als Carlo niet om zich heen, vond ze het ineens maar stil. Ze nam een slok van de rode wijn die ze voor zichzelf had ingeschonken. Ze was onrustig en had geen zin meer om te lezen. Ze wilde dat Carlo thuiskwam, maar dat zou waarschijnlijk nog wel een paar uur duren. Misschien kwam het doordat ze niet meer gewend was om alleen thuis te zijn. In Nederland was hij zeker drie avonden in de week weg. Als hij geen werkgerelateerde afspraken had, had hij wel afgesproken met vrienden of had hij verplichtingen op de tennisvereniging. Zelf tenniste hij niet zoveel meer, maar sinds hij tot het bestuur was toegetreden, was de hoeveelheid tijd die hij aan de vereniging had besteed alleen maar groter geworden. Eigenlijk had Heleen pas gemerkt hoeveel tijd er naar de vereniging ging, toen ze naar Italië waren verhuisd. Ineens was Carlo elke avond thuis geweest, en dat beviel hen allebei eigenlijk wel.

Ze nam nog een slok wijn en pakte haar boek weer op. Rond haar hoofd zoemde een mug, die ze met een geïrriteerd gebaar wegwuifde. Plotseling bleef haar hand in de lucht hangen. Ze voelde hoe haar nekhaar overeind ging staan. Er gleed een rilling over haar rug, haar boek gleed uit haar hand en landde op de grond, net naast Amico's kop. De hond schrok op en keek haar verbaasd aan.

Deze keer wist Heleen zeker dat ze iets had gehoord. Geritsel in de struiken op een paar meter van de veranda. Geen vogel, iets groters. Er was iemand, ze wist het zeker. Een inbreker? De afgelopen weken was er in een paar huizen in de buurt ook ingebroken, twee in het dorp en drie daarbuiten. De politie onderzocht de zaken, maar hadden weinig aanknopingspunten, had Heleen in het plaatselijke krantje gelezen. Het enige wat ze konden doen, was adviseren het huis goed af te sluiten als je wegging en als je thuis was duidelijk te maken dat er iemand aanwezig was. Dat zou insluipers afschrikken, had het hoofd van de plaatselijke politie onlangs in de krant gezegd. Heleen slikte. Het liefst verschanste ze zich juist in huis.

'Nou Amico', zei ze overdreven. Ze probeerde haar trillende stem onder controle te krijgen. 'Ga jij eens kijken wat er allemaal gebeurt.'

Het klonk volslagen nep, dat hoorde ze zelf ook wel. Iedereen kon aan haar stem horen dat ze doodsbenauwd was. Gespannen hield ze haar adem in. Amico liet een zacht gegrom horen. Heleen stond op en liep naar de rand van de veranda. Besluiteloos bleef ze staan. Ze staarde in het donker, maar daar was niks te onderscheiden. In gedachten vervloekte ze Carlo, die al maanden geleden de buitenverlichting zou aanleggen. Ze kneep haar ogen samen, maar het kleine beetje licht dat de maan over de tuin verspreidde, was niet genoeg om iets te zien.

Amico kwam naast haar staan en keek naar haar op. Hij kwispelde vrolijk. Ze keek op de hond neer. Het volgende moment veranderde er iets in zijn houding. Zijn staart stond stil en hij spitste zijn oren. Aarzelend daalde Heleen de twee treetjes naar de tuin af. Ze huiverde, maar dat kwam niet door de koele avondlucht. Haar oren suisden en ze voelde het bloed in haar aderen pompen. Adrenaline schoot door haar hele lijf en ze was misselijk van angst. Amico liep strak naast haar, alsof hij besloten had haar niet alleen te laten gaan. Ze bleef even staan en bedacht dat ze terug moest gaan en een zaklamp moest halen.

Plotseling bleef Amico staan. Vanuit zijn keel klonk opnieuw gegrom, deze keer harder.

Het geknap van het een tak klonk als een kanonschot door de nacht. Heleen kon een kreet niet onderdrukken. Amico begon onstuimig te blaffen en rende de donkere tuin in. Heleen hoorde nog meer takken knappen toen hij tussen de struiken sprong. Haar hart bonkte en ze voelde het klamme zweet op haar rug prikken. Ze stond als aan de grond genageld. Het geblaf van de hond klonk harder, bozer. Er was nog een geluid, wat ze niet goed kon thuisbrengen. Misschien was het er ook wel niet, verbeeldde ze het zich alleen maar. Ze gilde toen het ineens nog donkerder werd. Met een ruk keerde ze zich om. Iemand had het licht op de veranda uitgedaan! Ze rende terug naar het huis, struikelde bijna over de treden, maar wist zich staande te houden. Gek van angst rende ze naar de deur. Ze stootte zich lelijk aan de lage tafel, maar verbeet de pijn. Met haar hand omklemde ze de deurklink. Ze rukte eraan, de deur vloog open. Met een klap gooide ze die achter zich dicht en draaide hem op slot. Daarna liep ze struikelend door naar de keuken. Het was er donker. Ze probeerde de lichtknop. Niks. Op de tast vond ze haar mobiele telefoon. Even bleef ze besluiteloos staan. Moest ze Carlo bellen? De politie? Zouden die komen?

Een gilletje ontsnapte toen het licht flikkerend weer aan ging. De magnetron piepte, de koelkast begon te zoemen. Heleen liet haar adem ontsnappen. Stroomstoring. Net nu.

Ze ving een blik op van zichzelf in de spiegel boven de eettafel. Ze zag krijtwit. Boven aan de trap klonk gekraak, gevolgd door het slaapdronken stemmetje van Florian. 'Mam?'

'Ja, schat, ik ben hier.'

'Wat is er?'

Ze vroeg zich af of hij wakker was geworden van het geblaf van Amico of van haar eigen gegil. 'Niks lieverd, ga maar snel weer naar bed. Welterusten.'

Ze hoorde zijn voetstappen zich weer verwijderen en twijfelde of haar zoontje wel echt wakker was. Het leek er eerder op dat hij half aan het slaapwandelen was gegaan. Morgen zou hij het misschien niet eens meer weten.

Ze hoorde gekrab bij de achterdeur, gevolgd door gejank. Snel liep ze naar de bijkeuken en liet de hond binnen. Die had een groene veeg op zijn rug en keek haar vol verwachting aan, alsof hij wilde weten welk leuk spelletje ze nu voor hem in gedachten had. Langzaam ontspande ze een beetje. Ze legde haar telefoon terug. Wie of wat het ook was geweest, het was voor Amico op de vlucht gegaan. De politie bellen had geen zin, en ze zou er alleen onrust bij de kinderen mee veroorzaken. Bovendien twijfelde ze of ze wel zouden komen. Ze kende de verhalen over de werklust van de plaatselijke polizia, en die beloofden niet veel goeds.

Snel pakte ze haar boek en haar wijnglas en draaide de deur dubbel op slot. Ze liet alle lampen branden toen ze naar boven liep. Hopelijk zou ze de slaap snel vatten.

4

Heleen gaapte zo hard dat haar kaken er pijn van deden. Ze nam de laatste slok van haar cappuccino en zette haar beker meteen weer onder het koffieapparaat. Deze keer koos ze voor espresso. Ze had een cafeïneshot nodig om zich weer een beetje mens te gaan voelen.

Het was niet dat ze niet tegen een nacht slecht slapen kon, maar een nacht überhaupt niet slapen was een ander verhaal. Na de opwinding van gisteravond had ze net zo goed niet naar bed kunnen gaan. De adrenaline die nog steeds in grote hoeveelheden door haar bloedbaan had gejaagd, had haar urenlang wakker gehouden. Met wijd opengesperde ogen had ze in bed gelegen. Bij elk geluidje was haar hartslag meteen omhoog geschoten, al wist ze inmiddels dat een oud huis als dat van hen voortdurend geluid maakte. Zeker toen na een uurtje of twee een kleine regenbui over was getrokken en de wind was aangewakkerd. Het huis had stevige stenen muren, maar de houten vloeren en de luiken voor de ramen zorgden voor voortdurend gekraak en getik. Geluiden die ze normaal gesproken nauwelijks nog hoorde, maar die haar nu stapelgek hadden gemaakt. Keer op keer speelde er in haar gedachten af wat er was gebeurd. Werd ze paranoïde? Ze was helemaal niet zo bang aangelegd, maar het leek wel alsof ze op een of andere manier zeker had geweten dat er iemand rond het huis had gedwaald. Aan de andere kant, als ze het nuchter bekeek, was de kans veel groter dat ze niks anders had gehoord dan de wind, of hooguit een beest. En dat Amico was aangeslagen, had waarschijnlijk nog het meest met haar eigen reactie te maken. Hoewel, hij had de geluiden zelf ook gehoord, nog eerder dan zij. Ze waren er dus wel degelijk geweest.

Zo hadden haar gedachten in cirkels rondgedraaid. Uiteindelijk was ze tegen half drie heel even in een onrustige slaap gesukkeld, maar na een kwartier was ze alweer wakker geschrokken. Deze keer was er wel degelijk een geluid, namelijk dat van de auto. Carlo was thuisgekomen, iets meer beschonken dan achter het stuur eigenlijk verantwoord was. Heleen had echter wel wat anders aan haar hoofd gehad dan daar boos om worden, ze was allang blij dat hij terug was.

'Ben je nog wakker?' had hij verbaasd gevraagd toen hij zacht de kamer binnensloop.

'Ik kan niet slapen.' Heleen had hem willen vertellen wat er die avond was gebeurd, maar vrijwel meteen nadat Carlo naast haar in bed was gestapt, had ze zijn regelmatige ademhaling gehoord. Opnieuw klaarwakker had ze naast hem gelegen, tot de eerste vogels het begin van de dag aankondigden en ze maar was opgestaan.

Nu was het iets na zevenen en ze was doodop. Op de automatische piloot bakte ze broodjes af, vulde de mandjes voor het ontbijt en maakte schalen met beleg. Sylvia had gevraagd of het ontbijt rond kwart over zeven kon worden bezorgd. Ze wilden vandaag naar Florence gaan en hadden op aanraden van Heleen besloten vroeg te vertrekken in de hoop een parkeerplek in de stad te bemachtigen. Heleen zette hun ontbijt op een dienblad en liep naar de receptie om te kijken of Sylvia koffie of thee had besteld. Tegen de tijd dat ze weer in de keuken stond, was ze het echter al vergeten. Ze zuchtte. Dit zou een lange dag worden.

Ze liep terug, dwong zichzelf te onthouden dat ze een kan koffie moest maken, en dacht eraan hoe ze vanochtend door de tuin was gelopen. Op de plek waar ze gisteren iemand meende te horen, lagen alleen wat losse takjes en die kon ze waarschijnlijk aan Amico toeschrijven. Bij daglicht zag de tuin er weer even rustig en lieflijk uit als altijd en de overtuiging dat er echt iemand was geweest, begon al af te nemen. Was het niet altijd zo dat in het donker alles enger leek?

Heleen zette de koffie op het dienblad en liep naar het appartement van Sylvia en haar gezin. Ze hoorde de vrolijke stem van hun zoontje al toen ze voor de deur stond en even dacht ze terug aan de tijd dat haar eigen kinderen nog peuters waren. Hoewel ze van die periode had genoten, was ze eigenlijk wel blij dat ze nu wat groter waren.

Sophia en Florian wisten inmiddels ook wat uitslapen was en deden het maar al te graag. Dat betekende dat Heleen in de weekenden niet meer om half zeven door een klaarwakker kind uit bed werd getrommeld, en dat beviel eigenlijk wel. De keerzijde was dat ze op doordeweekse dagen vaak tig keer moest roepen voordat de kinderen in beweging kwamen, maar gelukkig was dat tegenwoordig Carlo's probleem.

'Ha fijn', zei Sylvia, toen ze de deur open deed. 'Het ziet er weer heerlijk uit. Bedankt.'

'Veel plezier vandaag in Florence', wenste Heleen haar nog toe, voor ze terugliep naar de keuken om het volgende ontbijt te maken. Ook Isabella wilde graag broodjes op haar kamer geserveerd hebben, de andere gasten hadden aangegeven dat ze in het dorp gingen ontbijten. Heleen bakte drie broodjes en twee croissants af. Ze vroeg zich af waar Isabella dat allemaal liet, ze was hartstikke slank. Maar blijkbaar had ze een gigantische snelle stofwisseling, want toen Heleen gisteren een broodje en een croissant minder had gebracht, had Isabella meteen om meer gevraagd. Heleen vulde de schaal met beleg rijkelijk, zette een kan met versgeperst sap op het dienblad en maakte thee. Ze keek op de klok. Kwart voor acht, haar timing was perfect.

Nadat ze het ontbijt had weggebracht en even later Sylvia en haar gezin had uitgezwaaid, liep ze naar het appartement van de familie om dat schoon te maken. Het deed haar goed om aan de slag te zijn, dat verdreef de vermoeidheid. Bovendien had de ruime hoeveelheid cafeïne haar goed gedaan. Fluitend haalde ze het bed af, ruimde de kamer op en maakte een emmer sop. Even later rook het appartement naar allesreiniger en de frisse geur van pasgewassen lakens. Heleen keek tevreden rond.

'Dag, schat.'

Heleen keek om toen ze een ietwat schorre stem hoorde. Ze schoot in de lach. 'Ook goedemorgen. Ik hoef niet te vragen hoe jij hebt geslapen.'

'Kort.'

'Dat zie ik.' Carlo stond in de deuropening. Ongeschoren en met half geloken ogen. Hij was onder de douche geweest, maar had niet de moeite genomen zijn haar te modelleren. Het stond alle kanten op.

'Maar de kinderen waren op tijd op school. Ik beschouw dat vandaag als een prestatie.'

'Kom, stel je niet zo aan', zei Heleen opgeruimd. 'Ik denk dat je langer hebt geslapen dan ik. Een goede espresso en je handjes laten wapperen, dat helpt.'

Carlo trok zijn wenkbrauwen op. 'Heb je niet goed geslapen?'

Heleen schudde haar hoofd. 'Totaal niet. Dat zei ik toch vannacht tegen je?'

Haar man keek haar blanco aan. 'Ik geloof niet dat ik me dat precies herinner.'

'Had je zoveel gedronken?'

'Genoeg om er nu spijt van te hebben. Maar het was het wel waard, het was echt een topvergadering. We hebben allerlei goede ideeën bedacht voor het komende hoogseizoen. Nou ja, het eerste uur. Daarna was het vooral erg gezellig.' Hij keek zijn vrouw aan. 'Maar hoe komt het dat je zo slecht hebt geslapen?'

'Tja...' Heleen trok het beddengoed recht en pakte de emmer. Daarna liep ze de kamer uit. Carlo volgde haar naar de keuken, waar ze de emmer leeggooide en voor hen allebei een espresso maakte.

'Volgens mij liep er gisteravond iemand rond het huis', zei ze, toen ze met hun koffie in de ontvangstruimte waren gaan zitten.

Carlo keek haar niet-begrijpend aan. 'Hoe bedoel je?'

'Zoals ik het zeg. Ik zat gisteravond op de veranda en hoorde iets in de tuin. Amico sloeg meteen aan, hij hoorde het ook. Ik denk dat er iemand was.'

'Weet je het zeker? We horen 's avonds zo vaak dingen. Er komen zo veel dieren in de tuin.'

'Maar dit was anders', zei Heleen stellig. Nu ze Carlo haar eigen tegenwerpingen hardop hoorde uitspreken, raakte ze er juist weer meer van overtuigd dat ze geen vogel of vos had gehoord. 'Ik hoorde zelfs een tak knappen. Dat gebeurt niet als er een klein beest overheen loopt.'

'Dan was het misschien een wat groter beest', opperde Carlo. 'Er zitten hier ook herten, dat weet je toch?'

Heleen zweeg even en haalde haar schouders op. 'Ik denk gewoon niet dat het een beest was', zei ze. 'Ik weet niet waarom, ik had gewoon het gevoel dat er iemand was.'

Carlo keek haar onderzoekend aan. 'Gaat het wel goed met je, schat? Wie zou er dan moeten zijn?'

'Er zijn de laatste tijd best veel inbraken geweest, dat heb jij toch ook in de krant gelezen?'

Carlo schokschouderde. 'Het zou kunnen, maar ik denk dat de kans groter is dat het een beest was. Hoe dan ook is het goed dat we Amico hebben. Ook al is het een sul eersteklas, zo'n hond schrikt toch af.'

'Ik wilde nog bijna de politie bellen.'

Carlo leegde zijn kopje in één enkele slok en leek haar verhaal nu toch wat serieuzer te beluisteren. 'We kunnen alsnog naar de politie, als je echt denkt dat er iemand was. Dan moeten we er misschien melding van maken.'

'Nee, laat maar.' Heleen pakte de kopjes en stond op. 'Er is niet ingebroken, dus waarschijnlijk willen ze die melding niet eens noteren. De politie hier heeft niet echt de naam dat ze veel actie ondernemen.'

'Dat is waar', knikte Carlo. 'Als zoiets nog eens gebeurt, moet je mij bellen. Ik kan er met tien minuten zijn.'

Heleen nam beide kopjes in één hand en woelde even door zijn haar toen ze langsliep. 'Dat weet ik, schat. Uiteindelijk ben ik maar gewoon naar bed gegaan, maar in het donker lijkt alles eng en toen kon ik niet slapen.'

'Vanavond lig ik weer gewoon naast je', beloofde Carlo. 'Dan zal ik je beschermen. Als een echte ridder.'

Heleen grijnsde terwijl ze naar de keuken liep. Ze zette haar kopje opnieuw onder het apparaat. Nog één zo'n espresso en de hele nacht was vergeten. Carlo had gelijk, het was waarschijnlijk gewoon een beest geweest. Misschien moest ze als stedeling gewoon nog een heel klein beetje wennen op het platteland.

'Mam!' Met een bezorgd gezicht kwam Florian de kamer binnen. Heleen zat aan tafel en bekeek op haar telefoon de website van een agriturismo op een halfuurtje rijden. Het was tegelijk met dat van hen geopend en werd gerund door Duitsers. Heleen had de eigenaars een paar keer gesproken en het waren aardige mensen. Zo nu en dan checkte Heleen op hun site of er nog kamers te reserveren waren, gewoon om te zien hoe het hun verging. Ze zag dat de accomodatie voor een groot deel van het hoogseizoen ook al volgeboekt zat. Blijkbaar was er veel behoefte aan dit soort toerisme.

Heleen keek op van haar telefoon toen Florian voor de tweede keer riep. 'Wat is er, schat?'

'Amico is weg!'

Heleen keek hem niet-begrijpend aan. 'Hoe bedoel je?'

'Ik kan hem nergens vinden. Ik heb hem de hele tijd al niet gezien.'

'Je bent net een kwartier thuis.'

'Nou, die hele tijd heb ik hem niet gezien.'

'Hij is vast ergens in de tuin, of misschien bij de casa. Of hij is achter een vogel of een vos aan gegaan.'

'Hij komt altijd als ik hem roep', riep Florian, half huilend. 'Er is iets gebeurd!'

Heleen kwam overeind. Ze voelde haar benen protesteren. De hele dag was ze aan de slag geweest, maar nu ze was gaan zitten, merkte ze hoe moe ze was. Vanavond zou ze er maar vroeg induiken.

Florian trippelde bezorgd achter haar aan toen ze naar buiten liep. 'Wanneer heb jij hem dan voor het laatst gezien?'

'Daarstraks, toen ik vanaf de casa naar huis liep', antwoordde Heleen. Ze zei het eigenlijk automatisch, Amico liep altijd met haar mee. Aan het einde van de middag kreeg hij eten en daarom was hij meestal vanaf een uur of drie bovenmatig geïnteresseerd in elke stap die ze zette. In de bijkeuken pakte ze de trommel met hondenkoekjes. Ze rammelde ermee toen ze naar buiten liep.

'Amico!' riep Florian. IJverig speurde hij de tuin rond. 'Amico, kom dan!'

Heleen rammelde opnieuw. Ze verwachtte elk moment de zwarte snuit ergens te zien opduiken, maar het bleef stil.

'Wat is er?' Sophia was in de tuin verschenen en keek verbaasd naar de verrichtingen van haar moeder en haar broertje. 'Is Amico weg?'

'Ja, hij kwam niet toen ik hem riep!' Florian keek zijn zus ernstig aan.

Sophia draaide zich om naar haar moeder. 'Hij loopt toch altijd mee als je vanaf de casa naar huis gaat, mam?'

Heleen knikte. Ze begon aan zichzelf te twijfelen. Ze had Amico toch wel gezien vanmiddag? Het was net als je herinneren dat je je had aangekleed. Je kon ervan uitgaan dat je het had gedaan, maar als je actief de herinnering probeerde terug te halen, lukte dat niet.

'Ja', zei ze, maar het klonk aarzelend. 'Ik heb hem gezien.'

De kinderen merkten de twijfel in haar stem feilloos op. 'Weet je het zeker, mam?' vroeg Florian. 'Of was hij toen ook al weg? Dan kan hij nu wel heel ver zijn. Misschien is hij verdwaald. We moeten de politie bellen en dan kunnen zij hem zoeken!'

Heleen streek over zijn donkerbruine haar. 'Rustig, lieverd. Ik weet zeker dat Amico niet zomaar verdwenen is. Hij is misschien een beetje te ver van huis gegaan omdat hij achter een hert of een ander beest aan is gegaan. En dan kost het hem ook wat tijd om terug te lopen.'

'Maar hij was er daarstraks toch nog wel?' drong Sophia aan.

Heleen slaakte een zucht en deed een ultieme poging de herinnering terug te halen. Ze had die middag wat dingen achter de computer afgewerkt tot het tijd was om de kinderen van school te halen. Daarna had ze de computer afgesloten, was naar buiten gegaan en had even met Isabella gepraat. Die was net terug van een bezoekje aan San Gimignano en had daar genoten van het ijs van Gelateria di Piazza. Daar hadden ze even over gesproken, net als over het stadje zelf, en daarna was Heleen doorgelopen naar huis. In gedachten was ze bezig geweest met een reserveringsaanvraag die ze had gekregen en die ze helaas niet kon inwilligen, omdat de mensen alleen wilden komen als ze halverwege augustus vijf dagen achter elkaar drie appartementen konden krijgen, en die mogelijkheid was er pas weer eind september. Heleen vond het vervelend dat ze nee had moeten zeggen. Ze was erg door haar gedachten in beslag genomen en het was haar in elk geval niet opgevallen dat Amico met haar mee was gelopen. Dat laatste was wel opvallend, want Amico zorgde er altijd wel voor dat hij opviel. Rustig achter haar aan sjouwen was niks voor hem, hij kwam altijd aandragen met stokken, balletje of wat hij ook maar vond om mee te spelen. En deed hij dat niet, dan maakte hij er een sport van om naar haar voeten te happen.

Hoe langer ze erover nadacht, hoe meer ze begon te denken dat de hond er inderdaad niet was geweest.

'Zie je wel!' Florians stem klonk paniekerig. 'Dan is hij al veel langer weg. Hij kan wel... wel honderd kilometer ver gelopen zijn! Helemaal naar het vliegveld!'

'Dat kan helemaal niet', antwoordde zijn zus. 'Dat is veel te ver.'

'Jongens, kalm', probeerde Heleen haar kinderen te kalmeren, al begon ze nu zelf ook onrustig te worden. Ze wist zeker dat ze Amico aan het begin van de middag nog had gezien, toen hij lag te soezen op het terras. Maar daarna kon ze eigenlijk geen moment terughalen dat ze de hond nog in het oog had gehad.

'Laten we even naar de casa lopen', zei ze. 'Misschien is hij daar nog gewoon en heeft hij niet gemerkt dat ik weg ben gegaan.'

Florian greep elk idee aan als een laatste strohalm en haastte zich meteen naar het pad richting de agriturismo. 'Hij kan ook hier in de bosjes zitten', zei hij, waarna hij de struiken in dook.

'Ja, hoor.' Dat was Sophia, die sceptisch naar de verrichtingen van haar broertje keek. 'Als hij daar zit, kan hij ons horen. Dan was hij allang gekomen toen mama met de koekjes rammelde.'

'Misschien zit hij vast in een val. Papa zegt dat er klemmen in het bos staan om beesten te vangen.'

'Niet in onze tuin. Toch, mam?'

Heleen schudde haar hoofd. 'Kom, Flo!' riep ze. 'Wij lopen vast door, hoor.'

Hij gaf geen antwoord. Heleen zag zijn rode T-shirt bewegen tussen de dichte takken. Ze moest Sophia gelijk geven. Als Amico daar zat, was hij allang tevoorschijn gekomen. Maar ze liet hem maar begaan. Heleen was ervan overtuigd dat Amico elk moment weer kon opduiken, maar Florian leek van mening dat alleen een intensieve zoektocht zijn vriend kon terugbrengen.

Ze liep verder in de richting van de casa. Het pad werd aan twee kanten begrensd door bomen, al waren er hier en daar open plekken die een mooi uitzicht op het heuvellandschap boden. Op andere dagen bleef Heleen weleens staan om ervan te genieten, nu tuurde ze vooral het landschap af op zoek naar de zwarte viervoeter.

'Mama!'

Heleen keek met een ruk om. Iets in Florians stem had haar gealarmeerd. 'Wat is er?'

'Kijk eens!'

Haar zoontje kwam aanrennen met iets zwarts in zijn hand. Heleen liep op hem af. 'Wat is dat?'

'Dat heb ik in de bosjes gevonden.'

Florian struikelde bijna over zijn eigen voeten in zijn poging zo snel mogelijk bij haar te zijn. 'Wat is het?'

Heleen pakte het stuk stof van hem aan. Even dacht ze aan gisteravond, aan de geluiden in de tuin. Daarna riep ze zichzelf in gedachten tot de orde. Deze reep zwarte stof kon van alles zijn.

'Nou?' drong Florian aan. 'Denk je dat het iets met Amico te maken heeft?'

Heleen keek hem aan en vroeg zich af of hij niet iets te veel tv keek. 'Dat denk ik niet, lieverd', zei ze. 'Ik zou niet weten op welke manier.'

'Ik bewaar het', zei Florian ernstig. 'Misschien kan de politie het gebruiken.'

Heleen gaf maar geen antwoord. 'Kom mee', zei ze, terwijl ze haar weg naar de casa vervolgde. Sophia was al vooruit gegaan en ze liep met ferme stappen achter haar dochter aan. Florian volgde haar op de voet, terwijl hij de naam van zijn vriend maar bleef roepen.

Carlo was bezig geweest met het repareren van een kapotte lamp bij het hek en kwam op hen afgelopen. 'Wat is er aan de hand?' vroeg hij met enige verbazing. Meestal bleef Heleen na school met de kinderen bij het huis. Aan de ene kant omdat ze wilde dat hun gasten van hun rust konden genieten, anderzijds omdat ze niet wilde dat hun kinderen het gevoel hadden dat het alleen nog maar om het bedrijf draaide. Ze hadden ook recht op de onverdeelde aandacht van hun vader of moeder.

'Is Amico hier?' Heleen keek om zich heen. Ze hoorde Florian alweer roepen.

Carlo trok zijn wenkbrauwen op. Er parelde zweetdruppeltjes op zijn voorhoofd, die hij wegveegde met de rug van zijn hand. 'Die gaat toch altijd met jou mee als je 's middags naar huis gaat?'

'Vandaag niet. Althans, ik denk van niet. En hij was er ook niet toen de kinderen uit school kwamen. Ik dacht dat hij misschien nog hier was.'

Carlo schudde zijn hoofd. 'Volgens mij niet. Ik heb hem in elk geval niet gezien.'

'Een van de gasten?' vroeg Heleen. 'Als iemand hem wat te eten heeft gegeven, is hij vast blijven hangen. Die hond doet alles voor eten.'

'Iedereen is weg. Die familie is naar Florence, het echtpaar is gaan lunchen en is nog niet terug. En die vrouw was er daarstraks even, maar ik zag haar wegrijden.' Hij dacht even na. 'Misschien is hij iets te ver weg gelopen en is hij daarom nog niet terug?'

Heleen knikte langzaam. 'Dat dacht ik ook al. In dat geval komt hij vast wel weer opdagen. Iedereen in de omgeving weet toch dat hij van ons is?'

Carlo knikte. 'Als iemand hem vindt, zullen ze vast wel bellen.'

'Ik denk dat ik...' Heleen hield verschrikt haar mond toen ze een ijselijke gil hoorde. Het geluid kwam van achter de casa. 'Wat is dat?'

'Florian!' riep Carlo gealarmeerd. Heleen en hij kwamen tegelijkertijd in beweging. Samen renden ze om de casa heen naar de achtertuin.

'Mama!' Dat was Sophia. Haar stem klonk paniekerig. Ze kwam op haar moeder afgerend en wierp zichzelf zo'n beetje om diens middel. Daarna drukte zich haar gezicht tegen Heleens buik en begonnen haar schouders te schokken.

'Wat is er?' Heleen sloeg haar armen om haar dochter heen en probeerde tegelijkertijd verder te lopen. 'Wat is er aan de hand?'

'Hij is... Amico is...' Veel meer kon Sophia niet uitbrengen.

Carlo had Florian bereikt, die iets verderop bij het zwembad stond en nog steeds gilde. Heleen keek naar haar zoontje. Carlo wilde zijn armen om hem heen slaan, maar Florian duwde hem van zich af, om zich het volgende moment juist aan hem vast te klampen.

'Wat is...' begon ze, maar toen zag ze het. Het grote, zwarte object in het zwembad. Levenloos. Haar adem stokte.

Er ontsnapte een vloek aan haar lippen. Meteen daarna maakte ze zich los van Sophia. 'Gaan jullie maar even naar binnen.'

Haar dochter had al genoeg gezien, Heleen wilde haar beschermen tegen meer. Sophia omklemde haar moeder steviger en schudde haar hoofd. 'Ik wil bij jou blijven.'

'Papa en ik halen Amico uit het water en dan komen we bij jullie. Maar nu is het beter dat jullie naar binnen gaan.'

Sophia gehoorzaamde, al was het schutterend. Ze zag Carlo hun zoontje optillen en wegdragen van het verschrikkelijke tafereel.

Heleen kwam langzaam dichterbij. De hond dreef op zijn zij in het aquagroene water. Toen ze naderde, zag ze dat zijn ogen open waren. Zijn staart lag plat op het wateroppervlak, als een levenloos roer. Onbewust kwamen er beelden in haar hoofd op van Amico in het zwembad. Een paar keer had hij het geprobeerd, elke keer beschaamd en onderdanig kwispelend als ze hem er boos uit joeg. De ondeugende blik in de ogen die haar nu doods aanstaarden. Ze wendde haar blik af. Er welde een snik op uit haar keel en ze sloeg haar hand voor haar mond.

Ze stond nu op de rand van het zwembad. Een klein briesje stuwde het hondenlijk voort over het wateroppervlak. Het kwam haar kant op. Instinctief deed ze een stap achteruit. Ze zag iets glinsteren in het zonlicht en kneep haar ogen samen. Op de plek waar de halsband had gezeten, zat nu iets anders. Iets donkers, dat de brandende zonnestralen weerkaatste. Ze boog zich wat naar voren en onderdrukte een kreet. Het leek een klem.

'Mijn god.'

Heleen keek met een ruk om. Carlo was achter haar verschenen.

'Zijn ze binnen?'

'Ja, ze zitten achter de receptie. Ik heb gezegd dat ze daar moeten blijven tot wij ze komen halen.' Carlo legde zijn hand op haar rug en bleef even staan. Hij schudde licht zijn hoofd en herhaalde: 'Mijn god.'

Heleen keek naar hem op. Ze zag een traan glinsteren in zijn ooghoek en voelde haar eigen ogen nat worden. 'Hoe kan hij nou...' begon ze, maar de brok in haar keel blokkeerde de rest van die zin.

'Ik weet het niet...' Carlo schudde weer zijn hoofd en staarde naar hun dode hond, die nu weer bij hen vandaan dreef. 'Hij kan toch zwemmen? En hij weet dat hij niet...'

Heleen slikte een paar keer en schraapte haar keel. 'Er zit iets om zijn nek. Het lijkt op zo'n klem die ze in het bos gebruiken om vossen te vangen.'

Carlo veegde met zijn hand langs zijn neus. Hij liep dichter naar de zwembadrand en keek naar wat zijn vrouw bedoelde. 'O mijn god', zei hij voor de derde keer. 'Misschien is hij te ver het bos in gelopen en...'

Hij schudde zijn hoofd toen hij zich zelf ook realiseerde dat het nergens op sloeg. Heleen staarde voor zich uit. Ze probeerde in haar hoofd puzzelstukjes aan elkaar te leggen, maar niks paste. Uiteindelijk haalde ze diep adem. 'We moeten hem eruit halen voor de gasten terugkomen.'

Carlo knikte. 'Ik pak wel een kruiwagen.'

Hij liep weg, leek opgelucht dat hij het tafereel even kon ontvluchten. Heleen wendde opnieuw haar blik af, al wist ze dat deze beelden haar voorlopig niet zouden loslaten.

Carlo keerde terug met de kruiwagen. Heleen schopte haar slippers uit en liep via de grote stenen trap het water in. Ondertussen duwde Carlo met een schepnet de hond haar kant op. Ze aarzelde even toen het beest binnen haar bereik was en legde toen haar beide handen op zijn kop. De haren voelden glad door het water, de huid koud.

Carlo had eveneens zijn schoenen uitgedaan en stond nu naast haar in het water. Samen tilden ze de hond uit het water en legden hem op de kant. Daarna liepen ze uit het water en tilden hem opnieuw op, deze keer om hem in de kruiwagen te leggen. Met een plofje kwam hij neer. Heleen slikte een paar keer, maar het misselijke gevoel dat in een golf kwam opzetten, liet zich niet terugdringen. Ze sloot haar ogen en ademde door haar neus, maar ook dat trucje hielp niet.

'Gaat het?' vroeg Carlo.

Ze schudde haar hoofd. Toch deed ze een stap naar voren en voelde voorzichtig met haar vingers aan de klem om de nek van de hond. Het was er eentje die bij het dichtgaan zijn nek had gebroken.

'Dit heeft hem gedood', zei ze ten overvloede tegen Carlo.

Hij knikte, maar kon niks uitbrengen.

'Ach jongen, toch.' Met één vinger streelde Heleen de hondenkop. De misselijkheid maakte plaats voor een brok in haar keel, die zich niet liet wegslikken. Ze snikte en tranen liepen over haar wangen naar beneden.

Carlo sloeg zijn arm om haar heen. Ook zijn gezicht was nat. Samen staarden ze naar de dode hond in de kruiwagen. De glans was uit zijn fluwelen ogen verdwenen, zijn staart lag roerloos. Heleen hield beide handen voor haar gezicht en voelde een fysieke pijn in haar borst als ze eraan dacht dat die nooit meer zou kwispelen.

Carlo liet haar los toen ze aan de andere kant van het huis grind hoorden knerpen. 'Onze gasten komen eraan', zei hij met een verstikte stem. 'ik moet hem wegbrengen.'

'Naar huis? Dan kunnen we hem in de tuin begraven.'

Carlo pakte de handvaten van de kruiwagen. 'Ga jij naar de kinderen?'

Heleen knikte. Ze wierp nog één blik op hun dode huisdier en draaide zich daarna om.

Terwijl ze naar de receptie liep, veegde ze haar ogen droog. Ze hoopte dat hun gasten niet aan haar konden zien dat ze had gehuild. Even aarzelde ze toen ze zag wie er waren teruggekeerd naar de casa. Het zou onbeleefd zijn om de familie Christians geen gedag te zeggen en te vragen hoe het in Florence was, maar eigenlijk wilde ze meteen naar de kinderen.

De keuze werd voor haar gemaakt toen Sylvia haar zag staan. Ze zwaaide even en riep van een afstandje: 'Florence was geweldig! Maar ik geloof dat het zoveelste ijsje vandaag een beetje te veel was voor Tobias' maag.' Ze trok een vies gezicht. 'Dat ligt nu dus op de achterbank.'

'O jeetje, kan ik iets voor je doen?'

'Nee hoor,' wuifde Sylvia dat aanbod weg, 'We gaan nooit de deur uit zonder oude handdoeken in de auto, dus ik heb het onder controle. We gaan meneer eerst maar eens in bad doen, denk ik.'

'Succes', zei Heleen, waarna ze zich naar de receptie haastte. De kinderen hadden braaf gedaan wat Carlo hen had opgedragen, en sprongen op toen ze hun moeder zagen binnenkomen. Hun roodbehuilde ogen spraken boekdelen en Heleen hoefde niet meer te vertellen wat ze al wisten.

'Is hij dood?' vroeg Florian desondanks. Ergens glinsterde hoop op zijn gezicht.

Heleen haalde diep adem, slikte en knikte toen langzaam. Ze stak haar armen naar haar zoontje uit en hij wierp zich erin met een geluid dat het midden hield tussen een schreeuw en een snik. Daarna begon hij onbedaarlijk te huilen. Heleen ging zitten en trok hem op schoot. Ze opende haar arm opnieuw om ook Sophia erbij te laten. Het verdriet van haar kinderen wakkerde ook dat van haarzelf weer aan en ze was blij dat de familie Christians ervoor koos om buitenom te lopen.

Heleen aaide over de ruggen van haar kinderen en prevelde geruststellende woordjes. Na een tijdje werd het snikken wat minder en uiteindelijk hief Florian zijn betraande gezicht naar haar op. 'Waar is hij nu?'

'Papa heeft hem mee naar huis genomen. We gaan hem op een mooie plek begraven.'

Haar zoontje staarde haar aan en even dacht Heleen dat hij opnieuw zou gaan huilen, maar uiteindelijk trok hij een rimpel in zijn voorhoofd. 'Maar hij kan toch hartstikke goed zwemmen, mam? Hij kan toch niet zomaar verdrinken?'

'Ik weet ook niet precies wat er is gebeurd, lieverd', zei Heleen, die de klem voorlopig maar onvermeld liet. Ze hoopte dat Carlo die eraf zou halen voordat ze met de kinderen bij het huis zou aankomen. Het idee dat de hond verdronken was, was al verschrikkelijk. Het idee dat hij op een zeer pijnlijke manier was gewurgd in een klem met weerhaken, was zo weerzinwekkend dat ze er zelf nauwelijks bij kon met haar gedachten.

'Gaan we naar hem toe?' vroeg Sophia, die zich losmaakte uit haar moeders omhelzing en haar bruine haar uit haar klamme gezicht streek.

Heleen knikte en stond op. 'We moeten maar een goede plek uitzoeken om hem te begraven', zei ze. 'Ergens in de tuin.'

'Onder de struik met die grote, groene bladeren', zei Florian meteen, terwijl hij voor haar uit naar buiten liep. 'Want dan ligt hij tenminste in de schaduw als het heel warm wordt. Hij wil dan nooit in de zon.'

'Flo...' Sophia pakte de hand van haar broertje, als een echte, oudere zus. 'Hij kan niks meer voelen nu. Hij is dood. Dat betekent dat hij...'

Heleen keek naar haar beide kinderen en moest opnieuw opkomende tranen wegslikken, al was het deze keer van ontroering.

'Slaapt hij?' Carlo keek op toen Heleen de keuken binnenkwam. Voor hem op tafel stonden twee glazen witte wijn. De koele vloeistof was gecondenseerd tegen het glas en kleine druppeltjes gleden naar beneden.

Heleen knikte. 'Voor zolang als het duurt.'

Ze had Florian net voor de zesde keer getroost en terug in bed gelegd. Het was inmiddels half twee, maar ondanks de doorwaakte nacht van gisteren had ze niet het idee dat ze kon slapen.

Ze pakte haar wijn en nam een slok. Carlo deed hetzelfde. Daarna zette hij zijn glas neer en peuterde aan zijn nagel.

'Gebroken?' vroeg Heleen, met een knikje naar zijn hand.

Hij knikte. 'Met graven.'

Heleen nam nog een slok en liet de beelden van die avond aan zich voorbij trekken. Carlo had gelukkig de klem verwijderd en de labrador de boerenkiel omgeknoopt die Florian ooit voor hem had uitgezocht. De kinderen hadden niks gezien. Florian worstelde vooral met de vraag hoe zijn vriend nou verdronken kon zijn en Heleen had hem verteld dat het soms gebeurde dat honden in het water sprongen en een hartstilstand kregen. Met die uitleg leek Florian genoegen te nemen, al maakte het zijn verdriet natuurlijk niet minder. Ondertussen spookten er honderden vragen door haar hoofd. Was de hond per ongeluk in een klem terecht gekomen? En had iemand het een leuke grap gevonden hem daarna in hun zwembad te gooien? Of was er opzet in het spel? Vragen die maar bleven rondzingen, maar waaraan ze nog niet was toegekomen.

Samen met zijn vader had Florian het graf voor de hond gegraven op de plek die hij had uitgezocht. Daarna hadden ze Amico er met z'n vieren ingelegd en om de beurt afscheid van hem genomen. Vervolgens had Florian weer geholpen het gat dicht te maken. Daarna hadden ze heel lang met z'n allen in de keuken gezeten. Heleen had wat te eten gemaakt, maar niemand had trek. Sophia wilde via Skype aan de opa's en oma's vertellen wat er was gebeurd, die aan de andere kant van de Skype-verbinding hadden zitten huilen. Tegen twaalven had Heleen aangekondigd dat het toch echt bedtijd was. Sophia was zonder al te veel problemen in slaap gevallen, maar Florian had daar meer moeite mee. Hij had talloze vragen, vooral over waar zijn vriend nu was en of er in de hondenhemel ook tennisballen waren. Heleen had geprobeerd ze allemaal zo goed mogelijk te beantwoorden. Los van een grote schok voor hen allemaal was het ook de eerste keer dat de kinderen van zo dichtbij met de dood werden geconfronteerd.

'Ik heb er foto's van gemaakt met mijn telefoon', onderbrak Carlo haar gedachten.

Heleen keek op. 'Waarvan?'

'Van die klem en de wonden in Amico's nek. Misschien moeten we ermee naar de politie gaan.'

'Wat wil je dat ze doen?'

'Ik heb er gewoon een raar gevoel over. Kijk, over die klemmen en het illegale stropen stond laatst nog een heel stuk in de krant. De politie weet dat dat gebeurt. Maar wie gooit die hond nou daarna in ons zwembad?'

Heleen haalde diep adem en schudde langzaam haar hoofd. 'Dat vraag ik me ook de hele tijd af. Dit gaat toch veel te ver voor een flauwe grap?'

'Maar als dat het niet is, dan is het een tegen ons gerichte actie? En ga je zelfs denken dat Amico met opzet is gedood.'

Heleen frummelde onbewust met haar vingers aan een memobriefje op tafel. Ze trok er kleine snippers vanaf en wreef die samen tot een bal van papier. 'Denk je dat het een signaal is? Dat mensen ons niet moeten hier.'

'Ik weet het niet.' Carlo schoof zijn glas heen en weer. 'Stel dat Amico per ongeluk in zo'n klem terecht is gekomen en de stroper heeft hem gevonden, dan snap ik wel dat hij hem niet komt brengen, ook al staat ons adres op zijn badge.'

'Want dan weten wij meteen dat hij illegaal stroopt', knikte Heleen. 'Maar hij had hem ook gewoon kunnen laten liggen.'

'Misschien is het iemand die we kennen en vond hij het sneu dat we dan niet zouden weten wat er met Amico was gebeurd.'

Heleen tuitte haar lippen. 'Het komt op mij over als een bozige actie. Zo van: hier heb je je hond terug. En nu opzouten.'

'Opzouten uit de omgeving?'

'Ik weet het niet.' Heleen schokschouderde. Het was moeilijk haar gevoel onder woorden te brengen, maar ze had toch het idee dat de actie wel degelijk tegen hen was gericht.

'Zou er iemand zijn die er moeite mee heeft dat we hier zijn komen wonen?' dacht Carlo hardop. 'Ik heb daar zelf nooit iets van gemerkt.'

'Ik ook niet, maar je weet soms niet wat er onder de oppervlakte speelt. Iemand die een agriturismo heeft gehad die failliet is gegaan? Doordat er buitenlanders kwamen en accommodaties begonnen?'

Carlo keek sceptisch. 'Is dat niet wat vergezocht? Waarom zou je dan trouwens een hond vermoorden? Omdat je zo'n hekel hebt aan honden?'

'Tja, dat weet ik ook niet.' Heleen keek weg. Carlo had gelijk, maar ze wilde zo graag een verklaring vinden.

'Toch wil ik morgen naar de politie gaan', zei haar man. 'Al is het maar om er melding van te maken. Wie weet gebeurt er binnenkort in de omgeving wel nog zoiets en dan is het goed dat ze het weten.'

'Daar heb je gelijk in.' Heleen leegde haar glas. 'Zullen we maar proberen te gaan slapen?'

5

'Een gerichte actie? Tegen jullie?' De agent tegenover hen keek hen zo ongelovig aan dat Heleen zich bijna schaamde dat ze hier waren gekomen.

'Nou ja, wij weten het ook niet', zei Carlo. In zijn stem klonk iets verontschuldigends door. 'We willen gewoon melding maken van dit feit. Het is op z'n minst opvallend te noemen.'

'Opvallend, ja...' De agent keek naar het voorgedrukte formulier voor zich en liet zijn pen erboven zweven. 'Het is opvallend, maar u weet toch hoe dat gaat met die honden? Die zwerven wat rond in de omgeving en kom op plekken waar ze niet zouden moeten komen. En dan krijg je ongelukken.'

'U bent het toch met ons eens dat die klem er helemaal niet hoorde te staan?' vroeg Heleen. Ze voelde irritatie opkomen en wees met de bruusk gebaar naar het ijzeren ding met scherpe punten, dat tussen haar en de agent in op het bureau lag. Hij had er een plastic zakje omgedaan, met een label dat nog ingevuld moest worden.

'Zeker, zeker.' De jonge agent streek over zijn zorgvuldig in model geboetseerde haar en leek die woorden niet te menen. Het slaapgebrek van de afgelopen twee nachten en de houding van de agent leidden tot een opborreling van woede in Heleens buik. Blijkbaar sprak haar gezicht boekdelen, want ze voelde Carlo's hand op haar been als teken dat hij het woord wel zou voeren. Dat was waarschijnlijk beter. Na maar liefst anderhalf uur wachten op een houten bankje bij de balie was het vast niet verstandig binnen vijf minuten ruzie te maken met een agent die op z'n minst deed alsof hij naar hen luisterde.

'We begrijpen wel dat jullie veel te doen hebben,' begon Carlo op overredende toon, 'en we verwachten ook echt niet dat jullie nu een diepgravend onderzoek instellen, maar u bent het toch met ons eens dat het misselijkmakend is dat onze hond eerst door een illegaal geplaatste klem is gedood en vervolgens ook nog eens met een soort demonstratieve actie in ons zwembad is gegooid?'

Het Italiaans ging wat snel voor Heleen, maar ze begreep de strekking van de zin en knikte om de woorden van haar man wat kracht bij te zetten.

De agent legde zijn pen neer en zuchtte. Daarna keek hij hen een voor een aan. 'Ik ben het zeker met u eens dat het niet oké is, maar als ik het zo inschat, zou ik zeggen dat het hier gaat om iemand die niet zo'n grote hondenliefhebber is. Dat geldt voor de meeste stropers, omdat honden op plekken komen waar de stropers ze liever niet zien komen. Ik zou zeggen dat de aanwezigheid van uw hond de irritatie van de stroper heeft opgewekt en dat hij daarom de dode hond in uw zwembad heeft gegooid.' Hij klikte zijn pen uit en weer aan. 'Dat is op z'n zachtst gezegd flauw te noemen, maar het lijkt me niet dat hier sprake is van een gerichte actie tegen u of uw agriturismo. Of er moeten de laatste tijd meer vreemde voorvallen hebben plaatsgevonden?'

Carlo schudde zijn hoofd. Heleen dacht heel even aan wat ze in de tuin had gehoord, maar het leek ineens te onbelangrijk om het te noemen. Ze wist niet eens wat ze had gehoord en daarnaast, de agent leek hen nu al niet erg serieus te nemen.

De agent vulde een paar gegevens in, vatte hun melding samen in één enkele zin, die Heleen op de kop en in het Italiaans niet kon lezen, en zette daarna zijn paraaf onder het formulier. Heleen vroeg zich af of het überhaupt in een map terecht zou komen. Wat een verschil met de Nederlandse politie. Toen haar fiets bij het station was gestolen en ze puur vanwege de verzekering aangifte had gedaan, was ze serieus behandeld, in tegenstelling tot nu. De agent die ze had getroffen had haar gegevens op de computer ingevoerd, een beschrijving erbij getypt van wat er was gebeurd en daarna had Heleen een printje ondertekend en een kopie daarvan mee naar huis genomen. Ze had nooit de illusie gehad dat de politie daadwerkelijk onderzoek zou gaan doen, maar het voelde in elk geval een stuk professioneler.

'Bedankt', zei Carlo, terwijl hij opstond. Heleen volgde zijn voorbeeld. De politieagent schudde hen de hand en liep met hen mee naar de deur van de kleine spreekkamer. Hij beloofde contact op te nemen als er meer van dit soort incidenten werden gemeld en er een onderzoek zou worden gestart. Heleen moest op haar tong bijten om hem er niet op te wijzen dat hij geen telefoonnummer had gevraagd. Ze knikte bij de loze belofte en liep achter Carlo aan het politiebureau uit.

'Zullen we koffie drinken bij Antonio?' stelde Carlo voor. De kleine, typisch Italiaanse koffiebar lag aan de andere kant van het dorpsplein. Heleen keek op haar horloge. Half twaalf. Ze had de kamers van de gasten al aan kant gemaakt en de kinderen kwamen nog lang niet uit school. Ze knikte.

'Carlo! Helena!' Antonio, eigenaar en naamgever van de bar, kwam met uitgestoken hand op hen afgelopen. Hij greep Carlo's hand en schudde die enthousiast heen en weer. Daarna drukte hij zijn lippen op Heleens hand. Ze glimlachte. De gedrongen Italiaan was het vleesgeworden cliché van Italiaanse mannen. Ze mocht hem graag. Hij had hen in de eerste maanden in het dorp vaak geholpen, meestal door hen op de hoogte te houden van alles wat er speelde of door wat dorpsbewoners op te trommelen als Carlo en Heleen hulp nodig hadden. Hun integratie in de kleine gemeenschap was mede dankzij Antonio zo soepeltjes verlopen.

'Caffè?' vroeg Antonio, terwijl hij zijn gebruikelijke plek achter de koffiebar innam. Heleen en Carlo namen plaats op de hoge krukken aan de andere kant. Heleen had eigenlijk meer zin in cappuccino, maar ze knikte en liet Antonio espresso voor haar maken. Ze had zich inmiddels geconformeerd aan de Italiaanse gewoonte om de dag niet te beginnen, maar juist te eindigen met cappuccino.

'Wat een drama!' riep de koffiebareigenaar boven het malende geluid van het bonenapparaat uit.

Hij drukte de gemalen koffie in de pistons aan, draaide ze onder het apparaat en keerde zich daarna om naar zijn gasten. 'Wie zou die hond nou iets willen aandoen?'

'Je hebt het al gehoord?' vroeg Heleen met enige verbazing.

'Natuurlijk.' Antonio haalde zijn schouders op. 'Niks blijft lang onbesproken in dit dorp, dat weet je inmiddels. Het was het eerste dat je zoon vanochtend vertelde op het schoolplein, toen mijn vrouw onze kleinzoon bracht.'

Heleen knikte. 'Het is echt verschrikkelijk. Ik begrijp niet wie in vredesnaam zoiets doet. De politie denkt dat de stroper die Amico in zijn klem heeft gevonden geïrriteerd was dat onze hond daar überhaupt was gekomen. En dat hij hem daarom in het zwembad heeft gegooid.'

'Ach, de politie.' Antonio maakte een afkeurend handgebaar en pakte daarna de twee kopjes onder het koffieapparaat vandaan. Hij zette ze op schoteltjes, legde er in een geroutineerde beweging een staafje suiker en een canticcini naast en schoof de kopjes daarna in hun richting. Vervolgens ging hij aan de slag om voor hemzelf ristretto te maken, de sterkste variant in het Italiaanse koffiespectrum.

'Die willen gewoon zo min mogelijk te doen hebben', zei Antonio terwijl hij bezig was. 'Ze doen alles af alsof het niks voorstelt. Maar die arme hond...' Hij haalde zijn schouders op. 'Ach, je komt er waarschijnlijk nooit achter wie dit heeft gedaan.'

Carlo schudde zijn hoofd. 'Nee, dat denk ik ook niet.'

'De kinderen zijn er zeker kapot van?'

Dat kun je wel zeggen. Heleen nam een slokje van de loeisterke koffie. 'Florian heeft nauwelijks geslapen vannacht. Wij allemaal trouwens.'

Antonio's gezicht lichtte op toen hij een idee kreeg. 'Willen jullie een nieuwe hond? Mijn neef heeft een nestje en ik kan...'

Carlo stak met een glimlach zijn hand op. Antonio kende altijd wel iemand die in wat voor behoefte dan ook kon voorzien. 'Daar denken we nog even over na, als je het niet erg vindt. Misschien over een tijdje. Al denk ik dat we dan eerst een hek om de tuin gaan zetten.'

'De politie zou eens iets aan die stroperij moeten doen', zei Antonio. 'Maar ze hebben het zo druk met belastinggeld verspillen, dat ze daar niet aan toe komen.'

'Pas als er meer van dit soort dingen gebeuren, komen ze in actie', zei Carlo. Hij keek Antonio aan. 'Jij hebt ook geen idee wie dit gedaan kan hebben, zeker? Ik bedoel...' Hij aarzelde even. 'Misschien is niet iedereen blij met onze komst?'

'Wat? Welnee!' Antonio zette zijn woorden kracht bij met veel handgebaren. 'Casa Helena brengt toeristen naar het dorp en daar wordt uiteindelijk iedereen beter van. De oude mensen mopperen misschien wel eens dat de toeristen de boel overspoelen, maar de oude mensen mopperen overal over. En daarnaast valt het wel mee. Hoeveel kamers hebben jullie? Vijf? Tien?'

'Vijf', zei Helena.

'Nou, precies. Zoveel overlast kan dat niet geven.' Hij keek hen een voor een vragend aan. 'Merken jullie dat dan? Zijn mensen vijandig?'

'Nee, helemaal niet', haastte Heleen zich te zeggen. Ze wilde dat beeld de wereld uit hebben voordat het een eigen leven ging leiden. De praatjes gingen al zo snel in dit dorp en na alle moeite die ze hadden gedaan om te integreren, wilde ze niet dat het idee ontstond dat zij en Carlo klaagden dat ze niet welkom waren. 'We voelen ons juist heel erg welkom', benadrukte ze. 'Daarom kunnen we ons ook niet voorstellen dat dit een of andere boodschap zou zijn, maar je gaat rare dingen denken.'

'Ja...' Antonio staarde nadenkend langs haar heen. Uiteindelijk schudde hij zijn hoofd. 'Nee, ik heb niks gehoord over mensen die iets tegen jullie hebben. Maar ik hoor natuurlijk niet alles.'

Dat laatste was niet waar en dat wisten ze alle drie. Carlo stond op en diepte wat muntgeld op uit zijn broekzak. Hij legde het op de bar en keek Antonio aan. 'Als je iets hoort, wat dan ook, dan hoop ik dat je het met ons deelt. We willen niet voor problemen zorgen, we zijn juist zo gelukkig hier.'

'Natuurlijk', beloofde de Italiaan. 'En als ik iets kan doen...'

'We weten het.' Heleen glimlachte naar hem. 'Bedankt, Antonio.'

Ze liepen de kleine zaak uit. Carlo sloeg zijn arm om de middel van zijn vrouw. Geen van beiden zeiden ze iets. Ze stapten in de auto en reden het dorpje uit. Binnen een paar minuten hadden ze de huizen achter zich gelaten. Heleen keek naar het voorbijtrekkende landschap. De heuvels en de rijen cipressen, afgewisseld met stukken bos. Enorme wouden waren het niet, maar het bos was groot en dicht genoeg voor dieren om in te leven, en voor stropers om niet op te vallen terwijl ze hun klemmen plaatsten. Heleen vroeg zich af hoeveel het er waren en hoe veilig het bos eigenlijk nog was. Wat als Florian met een vriendje iets te diep in het bos belandde? Zou hij dan ook zomaar met zijn been in zo'n klem terecht kunnen komen? Ze huiverde bij het idee.

Carlo gaf richting aan naar rechts en draaide het weggetje in dat naar hun huis leidde. Heleen keek naar het bordje met het logo van hun agriturismo. Het bordje waarin ze naar de routebeschrijving altijd verwees en dat in het begin zo vaak was gemist door hun gasten, dat ze het had vervangen voor een groter exemplaar in de vorm van een pijl. Haar vader had het gezaagd, ze had het zelf geschilderd. Normaal gesproken vervulde het haar met trots, nu had ze een onbestemd gevoel in haar buik.

De Fiat schokte en schommelde door de kuilen op de onverharde weg. Heleen merkte het nauwelijks, zo vaak had ze dit weggetje al op- en afgereden. De auto protesteerde even toen Carlo te veel gas gaf en schoot toen een stukje naar voren. Ze passeerden het andere huis aan de weg, een leegstaande boerderij die uit niet meer bestond dan een paar afgebrokkelde muren en een dak. Heleen had van dorpsbewoners verhalen gehoord over de oorspronkelijke bewoners; een ouder echtpaar dat een paar jaar geleden vrijwel gelijktijdig was overleden. Eerst de man, nog geen twee weken later de vrouw. Er waren dorpelingen die in dat verhaal hele complotten zagen, al begreep Heleen niet precies waarom. Het echtpaar was in de negentig geweest, dus zo vreemd was het niet dat hun leven tot een einde kwam. Maar ze had inmiddels begrepen dat het tweetal een nogal teruggetrokken bestaan had geleid en zich aan alle sociale contacten had onttrokken. Dat werd in het dorp niet gewaardeerd, zoveel had Heleen al geleerd. In zo'n geval deden de dorpelingen niks liever dan verhalen verzinnen, die ze elkaar met veel overtuiging als de waarheid voorschotelden.

Ze passeerden het huis, dat met de week meer vervallen raakte. De gemeente had er een hek omheen laten plaatsen. Het huis was inmiddels leeggehaald, deels door familie van het echtpaar, deels door mensen die daar geen toestemming voor hadden. Het hek had weinig zin, overal zaten gaten en wie wilde, liep zo door. Maar dat wilden maar weinig mensen, Heleen had nog nooit iemand bij het huis gezien. Ook de makelaar niet, die de taak had het te verkopen. Ze klaagde er niet over dat het huis nog altijd niet van eigenaar was gewisseld. Als er een ondernemer in kwam die het omtoverde tot een agriturismo, zou dat serieuze concurrentie voor hen betekenen. Soms, op lange avonden die gepaard gingen met wijn, fantaseerde ze met Carlo over het uitbreiden van hun bedrijf. Dan zouden ze het vervallen huis kopen, het opknappen en er appartementen in vestigen. Zo konden ze twee keer zoveel gasten huisvesten en twee keer zoveel omzet draaien. Heleen durfde meer en meer te geloven dat ze best tien appartementen vol konden krijgen, zo vaak moest ze nu al 'nee' verkopen. Maar de investering was meer dan ze op dit moment konden dragen en bovendien hadden ze hun handen al vol aan de huidige casa. Heleen voelde er weinig voor om personeel aan te nemen. Alleen als het je eigen bedrijf was, kon je de toewijding hebben die nodig was om het tot een succes te maken, was haar overtuiging.

Ze waren het huis voorbij en ze keek naar boven, waar hun eigen woning gelegen was. De onverharde weg voerde verder naar de casa, maar zij namen een klein pad – maar net breed genoeg voor de auto – dat naar hun huis leidde. De kwaliteit van het pad was beduidend minder en hopsend en springend bewoog de Fiat voort. Even later parkeerde Carlo de auto aan de zijkant van de woning.

Heleen stapte uit en knipperde tegen het felle zonlicht. Ze keek naar de voorkant van de woning, die uit grote, ongelijke stenen opgetrokken was. De luiken die glansden in het zonlicht, de houten voordeur die ze nooit gebruikten, er was niks veranderd. En toch voelde thuiskomen heel anders.

Ze zuchtte even en keek naar Carlo, die duidelijk hetzelfde gevoel had. 'Het is stil.'

Hij knikte. 'Ik mis iemand die met een stok komt aanzetten en naar mijn voeten hapt.'

Heleen liep achter hem aan naar de achterkant van het huis. Carlo draaide de achterdeur van het slot en ze liepen naar binnen, waar het koel en, dankzij de gesloten luiken, schemerig was.

'Wil je iets eten?' Carlo speurde de koelkast af en haalde er een restje salade uit.

Heleen had niet veel honger, maar toch knikte ze. Ze keek even op de klok. Over twee uur zouden er nieuwe gasten arriveren, ze had wel even tijd om te lunchen.

Terwijl Carlo de salade verdeelde over twee borden, staarde ze naar de tafel. Daar lag Amico's halsband, met zijn penning eraan. Ze pakte het ding op en bleef ermee in haar handen staan.

'Wat denk jij?' Carlo was naast haar komen staan en raakte met zijn vinger het soepele leer aan.

Heleen keek hem aan. 'Dat Antonio gelijk heeft. En de politie ook.' Ze dacht even na. 'Het lijkt me gewoon heel sterk dat iemand iets tegen ons heeft en dat duidelijk maakt door onze hond te doden.'

Carlo knikte. 'Laten we het maar op illegale stropers houden, dan.'

Heleen pakte bestek en twee flesjes water, Carlo nam de borden mee naar buiten. Ze gingen aan de terrastafel zitten. Midden op de dag was de zon veel te warm en Carlo klapte de parasol uit.

Heleen prikte met haar vork in de salade. Met tegenzin stopte ze een tomaatje in haar mond.

Carlo keek haar aan. 'Wil je een andere hond nemen?'

Heleen schudde haar hoofd. 'Voorlopig even niet. Dan lijkt het net alsof we Amico zomaar kunnen vervangen. Ikzelf kan dat niet, en ik denk dat het voor de kinderen ook niet goed is.'

Carlo schudde zijn hoofd. 'Ik denk dat je gelijk hebt. Al vind ik het idee van een waakhond wel erg fijn.'

Heleen keek uit over het landschap, dat geelgroenachtig glansde in het zonlicht. 'Amico was ook niet bepaald een waakhond.'

'Hij sloeg wel aan als hij iets hoorde. Ik vond dat een veilig gevoel.'

'Ja.' Ondanks het stralende zonnetje rilde Heleen ineens even. Het gevoel van vrijheid dat ze altijd had door de afgelegen ligging van hun huis en de casa, beangstigde haar voor het eerst een beetje.

6

‘Ik heb ervan genoten.’ Isabella haalde haar portemonnee uit haar tas en keek Heleen aan. ‘Jullie hebben hier echt een prachtige plek.’

‘Fijn dat te horen’, antwoordde Heleen niet zonder trots. ‘We krijgen al veel positieve reacties van onze Nederlandse gasten, maar dat ook een ware Italiaanse tevreden is, doet ons goed.’

Isabella glimlachte. ‘Zijn de Italiaanse gasten zo moeilijk dan?’

‘Nee, zeker niet’, haastte Heleen zich om te zeggen. ‘We merken alleen dat ze niet zo snel hun intrek nemen in een agriturismo die niet door Italianen wordt gerund.’

‘Ach ja.’ Isabella haalde haar schouders op. ‘Italianen zijn nu eenmaal erg gehecht aan hun eigen land. Dat geldt ook voor mij, al vind ik dat je ook over de grens moet kijken.’

'Heb je veel buiten Italië gereisd?' vroeg Heleen, terwijl ze Isabella de uitgeprinte rekening overhandigde. De vrouw opende haar portemonnee en haalde er een stapel papiergeld uit. Heleen liet niks blijken van haar verbazing. Ze had al van anderen gehoord dat Italianen zeker sinds de crisis graag hun geld gewoon in hun hand hadden. Een bank kon zomaar dichtgaan, was hun redenering. En dan moest je maar afwachten wanneer je weer bij je geld kon.

Isabella telde het geld af, terwijl ze haar hoofd schudde. 'Niet zoveel als ik zou willen.' Ze keek Heleen aan. 'Al heb ik wel verschillende buitenlandse partners gehad. Dat voelde ook een beetje als een buitenlandse reis.'

Heleen schoot in de lach. 'Vertel mij wat. Als ik niet met een Italiaan was getrouwd, was ik hier waarschijnlijk nooit neergestreken.'

Isabella glimlachte. 'Ik heb zelfs nog een tijdje verkering gehad met een man uit Nederland.'

'O, echt? Waar kwam hij vandaan?'

Isabella keek nadenkend. 'Ik weet niet meer uit welke plaats precies. Ik ben er nooit geweest. Toen we eenmaal uit elkaar waren, heb ik nooit meer iets van hem gehoord.'

'Hork', zei Heleen.

'Ach...' Isabella's blik gleed langs Heleen heen. 'Het was een bijzondere man.' Ze borg haar portemonnee op en pakte de rekening. Ineens waren haar bewegingen bruusk. 'Ik ga. Bedankt voor het verblijf.'

'Graag gedaan. Hopelijk zien we je terug in Casa Helena.'

'Ja.' De vrouw keek haar aan. Heleen probeerde haar blik te peilen, maar had daar moeite mee. 'Nogmaals bedankt.'

Ze gaf Heleen een hand en liep de casa uit. Heleen keek haar na. Het leek wel alsof de herinnering aan haar Nederlandse vriend iets had losgemaakt bij Isabella. Misschien was dat ook wel zo. Nederlandse mannen konden behoorlijk bot zijn. Misschien had hij haar wel gewoon laten zitten, was hij van de ene op de andere dag vertrokken zonder iets te zeggen.

Heleen haalde haar schouders op en zette haar gedachten van zich af, terwijl ze Isabella's auto weg hoorde rijden. Ze pakte het geld bij elkaar dat de vrouw had achtergelaten, telde het na en stopte het in het geldkistje. Het liefst wilde ze het bedrag meteen afstorten. Iedereen kon de receptieruimte in- en uitlopen en sinds het voorval met Amico had haar vertrouwen in de goedheid van de mens toch een knauw gekregen. Gelukkig hadden ze een goede kluis, want het was zondag en de bank was dicht.

Ze handelde de administratie af en vergrendelde daarna de computer. Ze liep naar het keukentje. Daar ruimde ze de vaatwasser uit en meteen weer in. Er stonden nog een paar borden en schalen van de barbecue die ze gisteravond hadden georganiseerd. Het was weer erg geslaagd geweest. De familie Christians, die morgen zou vertrekken, en de andere twee Nederlandse gezinnen die momenteel in de casa verbleven, hadden er gebruik van gemaakt. Na de nodige glazen koele rosé waren er vriendschappen gesloten, had Heleen gemerkt. De kinderen hadden elkaar al eerder gevonden, maar het leek ook te klikken tussen de volwassenen. Uit ervaring wist ze dat vakantievriendschappen over het algemeen geen lang leven waren beschoren, maar de drie families hadden wel meteen besloten er vandaag gezamenlijk op uit te trekken naar Siena. Heleen had het allemaal tevreden aangehoord. Zo hadden ze het voor ogen gezien toen ze met Casa Helena waren begonnen: het moest een plek worden waar iedereen zich thuisvoelde en waar, anders dan in het jachtige leven van alledag, tijd was voor echte gesprekken en nieuwe contacten. Blijkbaar slaagden ze in die opzet.

Ze stopte een blokje in de vaatwasser en zette die aan. Daarna maakte ze een emmer sop en pakte haar schoonmaakspullen. Het appartement van Isabella moest er straks weer spic en span uitzien, want vanmiddag kwamen er nieuwe gasten. Vanavond zou de hele casa vol zitten. En tussen het schoonmaken en de aankomst van de nieuwe Nederlandse families door, had ze de kinderen beloofd nog even naar het dorp te gaan. Ze moest wat boodschappen doen en hun zondagse bezoekje aan Roberto – de banketbakker in het dorp – was inmiddels een traditie. Het kwam er helaas niet elk weekend van, maar als het even kon, maakte Heleen er tijd voor. Juist op zondag was het vaak druk in de casa, maar ze wilde niet dat de kinderen het idee kregen dat hun ouders in het weekend helemaal geen tijd voor hen hadden.

Ze nam haar spullen mee naar boven, maakte de deur van het appartement open met de loper en ging fluitend aan de slag.

'Wie gaat er mee panforte halen?' vroeg Heleen luid. De kinderen zaten aan tafel, Florian met de iPad voor zijn neus, Sophia met de iPhone van Carlo. Hoewel ze normaal gesproken acuut werden getroffen door een combinatie van doofheid en verlamming als ze met dergelijke apparaten in de weer waren, constateerde Heleen maar weer eens dat die klachten van Oost-Indische aard waren. Nu sprongen de kinderen meteen overeind.

'Ik!' riep Florian. 'En nemen we dan ook cannoli?'

Heleen lachte. 'Ik weet niet of Roberto dat heeft gemaakt. We gaan wel even kijken.'

Sinds de dorpsbakker Florian een keer cannoli had laten proeven wilde hij dat het liefst elke dag eten. Het gebak was volgens het traditionele gerecht gevuld met ricotta, maar de plaatselijke bakker maakte de variant met chocolade, die bij zoetekauw Florian natuurlijk in de smaak viel. Het was geen gerecht dat typisch was voor deze streek en Roberto, een rechtgeaarde Toscaan, had het niet altijd op voorraad in zijn winkel. Maar als hij het had, was Florian zijn beste klant. Roberto had Florian al een keer meegenomen naar de achter de winkel gelegen bakkerij om hem te laten zien hoe hij de cannoli vulde. Florian raakte er wekenlang niet over uitgepraat en had besloten dat hij ook banketbakker wilde worden. Die wens was echter van voorbijgaande aard geweest, want na een tijdje was hij teruggekeerd naar het aloude profvoetballer. Inmiddels was dat alweer vervangen door politieagent, ook een beroep dat Heleen al jarenlang met grote regelmaat voorbij hoorde komen.

'Ik wil alleen panforte, hoor mam', zei Sophia, terwijl ze haar slippers aantrok. Heleen was niet verbaasd. Sinds ze de notencake een keer in Siena had gegeten, was Sophia eraan verslaafd. Toegegeven, hoewel Roberto een goede bakker was, haalde zijn variant van de cake het niet bij wat ze in Siena hadden geproefd, maar die stad was dan ook de bakermat van het gebak. Tijdens een van hun eerste weken in Italië waren ze naar Siena gegaan om de stad te bekijken. Heleen was er meteen verliefd op geworden. De prachtige oude gebouwen, het mooie centrale plein en de hele sfeer van kunst en cultuur die de stad ademende, spraken enorm tot de verbeelding. Dat ze in een klein, halfverborgen restaurantje de lekkerste pasta ooit hadden gegeten, speelde ook mee bij haar liefde voor de stad. Daarna waren ze terechtgekomen in een kleine koffiebar, waar ze de panforte hadden geprobeerd. Heleen was meteen verkocht geweest en dat gold voor het hele gezin. In de tijd dat ze nu in Italië woonden, waren ze nog vier keer teruggegaan naar Siena. Voor de mooie stad en de leuke winkels, maar ook voor het gebak. Na een paar keer had Heleen gedacht dat ze misschien wel een panforte kon bakken. Op internet stonden immers talrijke recepten en de ingrediënten van het 'geheime kruidenmengsel' dat erin moest, waren ook niet zo moeilijk te achterhalen.

Het experiment was jammerlijk mislukt. Het resultaat had het midden gehouden tussen een cake van verbrande noten en een chocoladetaart met een kaneeloverschot en de kinderen hadden het letterlijk uitgespuugd. Sindsdien had Heleen zich er maar niet meer aan gewaagd. De banketbakkers uit Siena hadden toch gelijk als ze zeiden dat alleen zij hét mengsel van kruiden kenden.

Heleen pakte haar tas en autosleutels en riep Carlo, die in de tuin bezig was. De zondagse traditie was er een van hun vieren. Even later verscheen hij met een bezweet hoofd in de deuropening.

'Wat is er?'

'Ga je mee naar Roberto?'

Carlo keek om naar de tuin, waar hij aan het spitten was geweest. 'Ik moet eigenlijk nog...'

'Ah toe, pap?' Florian keek smekend. 'Misschien heeft hij wel cannoli. Dat vind jij toch ook lekker?'

Heleen wist niet of Carlo zwichtte voor de smekende ogen van zijn zoon of voor het vooruitzicht van de chocoladerolletjes. 'Oké, ik trek even een ander shirt aan.'

Hij liep naar boven, terwijl Heleen de kinderen naar de auto dirigeerde. Ze was blij om te merken dat Florian in elk geval enthousiast kon worden van het vooruitzicht van zijn favoriete gebak. Het was nu twee dagen geleden dat Amico was overleden en sindsdien had ze hem niet meer zien lachen. Gisteren had ze even met zijn juf gepraat, die haar had verteld dat hij in de klas ook stil en teruggetrokken was geweest. Dat was natuurlijk niks voor de aanwezige spring-in-'t-veld die hij normaal gesproken was. De juf had hem laten vertellen over wat er was gebeurd en dat had hem wel goed gedaan, zeker toen zijn klasgenoten daarna strijdvaardig hadden bedacht wat ze allemaal met 'de dader' konden doen om die te straffen. Uiteindelijk had de juf die discussie maar tijdig afgekapt. Toch had Heleen het idee dat het haar zoon goed had gedaan dat hij zoveel steun van zijn klasgenootjes had gekregen. Niet dat hij Amico daardoor minder miste. Gisteravond in bed had hij zeker een uur gehuild, tot hij uiteindelijk in slaap was gevallen. Heleen had vreselijk met hem te doen, maar ze kon het verdriet niet voor hem oplossen.

'Let's go.' Carlo kwam naar buiten in een schoon T-shirt en nam plaats achter het stuur. Even later hopsten ze in de auto de heuvel af en zetten koers naar het dorp.

Nog geen kwartier later staarde Florian verrukt naar de toonbank van de banketbakkerij. 'Ze hebben ze, mam!' riep hij uit, toen hij zijn favoriete rolletjes zag liggen. 'Mag ik er vijf?'

'Vijf?' Heleen schoot in de lach. 'Zullen we met één beginnen? Gaan jullie maar buiten op het terras zitten, dan gaan wij wel in de rij staan.'

Zoals elke zondag was het druk in de zaak van Roberto. Niet alleen grossierde hij in allerlei lekkernijen, eigenlijk was vooral zijn brood legendarisch. Heleen nam altijd een desembrood mee als ze hier was.

Roberto en zijn twee medewerksters draafden heen en weer achter de toonbank om iedereen zo snel mogelijk te helpen en binnen vijf minuten waren Heleen en Carlo aan de buurt.

'Hallo Helena!'

Zoals altijd begroette Roberto haar met zijn allercharmantste glimlach. Terwijl hij ook Carlo gedag zei, reikte hij al achter zich en pakte een desembrood. 'Waar zijn de kinderen?'

'Buiten', zei Heleen met een handgebaar. 'Die zitten op het terras te wachten tot wij terugkomen met dat veel te lekkere gebak van jou.'

'Ik heb cannoli.'

'Dat had Florian al gezien. Hij wilde er wel vijf.'

'Geen probleem.'

'Nee, nee', zei Heleen lachend. 'Eén tegelijk lijkt me wel genoeg. En je hebt ook panforte, toch?'

Even later liepen ze naar buiten met een dienblad vol koffie, frisdrank en gebak. Florian en Sophia hadden een tafeltje onder de parasol op het kleine terrasje gevonden. Heleen en Carlo schoven aan. Het paste maar net.

'Eentje maar?' vroeg Florian met teleurstelling in zijn stem.

'Er zijn er binnen nog genoeg. Als je er straks nog een wil, ga je die maar halen.' Carlo wisselde een blik met zijn vrouw. Florians ogen waren over het algemeen vele malen groter dan zijn maag.

Ze zuchtte toen ze een hap van haar eigen gebakje nam en sloot even haar ogen. 'Heerlijk.'

'Zeg dat wel', beaamde Sophia, die hetzelfde had. 'Veel beter dan die ene die jij een keer had gebakken.'

Heleen zond haar een quasi-boze blik. 'Waarom moet je me daar zo'n beetje elke week aan herinneren? Ik heb weer andere talenten.'

Sophia wilde iets terugzeggen, maar werd afgeleid door iets wat achter Heleen gebeurde. 'Hé kijk,' zei ze, 'dat is die vrouw die in de casa was.'

Heleen keek om. Het was druk op het plein en ze ontwaarde niemand die ze kende. 'Wie bedoel je, lieverd?'

'Die vrouw daar.' Sophia wees met haar vinger, wat haar op een afkeurende blik van Carlo kwam te staan.

'Dat is onbeleefd.'

'O, je bedoelt Isabella?' Heleen had de donkerharige vrouw inmiddels gezien bij een winkel met handgemaakte aardewerken potten en schalen, die aan de andere kant van het plein was gevestigd. 'Ze heeft vanochtend uitgecheckt', zei Heleen. 'Waarschijnlijk wil ze nog wat inkopen doen.'

Ze had zich al bijna omgedraaid, toen ze zag dat Isabella tegen iemand praatte die naast haar stond. De vrouw draaide haar hoofd en Heleen zag haar lachen. Daarna raakte ze vriendschappelijk de arm van de jonge man naast haar aan, die vervolgens zijn arm kort om haar schouders legde. Heleen kneep haar ogen samen. Ze kende de andere persoon niet. Had Isabella kennissen in deze omgeving? Heleen herinnerde zich dat ze de vrouw daarnaar had gevraagd, maar toen had Isabella gezegd dat ze hier op vakantie was gegaan omdat ze de streek in haar eigen land beter wilde leren kennen.

Ach, het ging haar ook niet aan. Ze draaide haar hoofd om en nam nog een hap van haar panforte. 'Wat is er?' vroeg Carlo, die had gemerkt dat ze langer omkeek dan nodig.

'O, niks. Ik vroeg me af met wie Isabella daar staat. Ze heeft niks gezegd over bekenden in de omgeving.'

Carlo haalde kort zijn schouders op en keek langs Heleen heen. Opnieuw draaide ze haar hoofd. Ze was eigenlijk wel nieuwsgierig. Isabella en de jonge man hadden zich omgedraaid en liepen nu over het plein hun kant op. Toen ze dichterbij kwamen, zag Heleen dat de man een stuk jonger was dan hij van een afstandje had geleken. Het was eerder een jongen, ze schatte hem een jaar of zeventien.

Isabella stak het plein bijna over en sloeg toen linksaf een straatje in.

Heleen richtte zich weer op haar koffie met panforte. Toen ze opkeek, zag ze Carlo nog steeds langs haar heen staren.

'Wat is er?' vroeg ze.

Hij reageerde niet.

'Joehoe', zei Heleen lachend. Ze zwaaide met haar hand voor zijn gezicht. 'Wat zit je te staren?'

'Hè?' Hij keek haar aan, een beetje verschrikt.

'Aarde aan Carlo', zei Heleen. 'Waar zat je naar te kijken?'

'O eh... Niks.'

'Je leek anders aardig ver weg met je gedachten.'

'Op!' verklaarde Florian op dat moment. Triomfantelijk schoof hij zijn bordje van zich af. Op zijn wangen en vingers zaten chocoladevlekken. 'Mag ik er nog een?' vroeg hij met volle mond.

Heleen reikte naar haar tas en viste er een pak vochtige doekjes uit. Normaal gesproken had je die niet meer nodig als je kinderen de drie waren gepasseerd, maar met Florian in de buurt kwamen ze nog steeds van pas. Ze leunde voorover en boende hem schoon, terwijl hij de laatste, veel te grote hap van zijn gebakje wegwerkte. 'Mag ik er nog een?' herhaalde hij zijn vraag toen hij zijn mond had leeggegeten.

'Vooruit dan maar.' Heleen gaf hem wat geld en keek toe terwijl hij naar binnen liep. 'Smulpaap', zei ze met een lachje naar Carlo. Die lachte niet terug, maar schoof zijn bordje met daarop een halve cannoli van zich af. 'Zullen we zo gaan?'

'Florian is net een nieuwe gaan halen.'

'Er is nog veel te doen bij de casa en straks komen er nieuwe gasten.'

Heleen merkte zijn onrust en stond op. 'Ik zeg wel dat hij hem mee naar huis moet nemen', zei ze, waarna ze naar binnen liep.

Ze kende haar man langer dan vandaag. Als hij het eenmaal op zijn heupen kreeg, zat hij niet meer rustig. En hij had ook wel gelijk, er moest zoals altijd veel gebeuren bij de casa. Ze had zelf ook nog een hele lijst klusjes liggen. Het leven van een ondernemer, dacht ze met een zucht. Een rare combinatie van altijd en nooit vrije tijd hebben.

'Het is bloedheet', zei Florian met een klagende ondertoon in zijn stem. 'Ik smelt zowat. Ik voel me net alsof ik op een barbecue lig.'

'Overdrijven is ook een vak', bromde Heleen goedmoedig, al moest ze haar zoon gelijk geven. Het was een uitzonderlijk warme middag. Ze voelde een straaltje zweet vanaf haar nek naar beneden gaan, ook al had ze niet veel meer inspanning geleverd dan het stukje van huis naar de casa lopen.

'Mogen we zwemmen?' Florian keek verlangend naar het turqoise water in de tuin van de casa.

'Ja!' viel zijn zus hem bij. 'Mag het, mam? We branden aan als we niet heel snel afkoelen.'

Heleen aarzelde even. Eigenlijk was het zwembad voor hun gasten. Ze stond Florian en Sophia alleen toe om te zwemmen als er geen gasten waren of als ze met de kinderen van hun gasten speelden. Een eigen zwembad in de tuin bij hun huis was een wens die nog hoog boven aan hun lijstje stond.

'Er kunnen zo gasten komen', zei ze. 'Ik weet niet of...'

'Mogen we dan bij het huis onder de sproeier?'

'Dat lijkt me beter, want...'

'Ach, doe niet zo moeilijk', kwam Carlo bruusk tussendoor. 'Je laat ze toch niet in hun eentje bij het huis?'

Heleen fronste. 'Waarom niet? Ze zijn zo vaak alleen...'

'Ik vind het geen prettig idee.'

'Wat kan er gebeuren?'

'Jemig.' De irritatie droop van Carlo's stem. 'Ze kunnen hier toch zwemmen. Er is niemand!'

'Wat heb jij ineens?' Heleen keek haar man onderzoekend aan. Ze voelde zelf ook irritatie opkomen bij zijn overtrokken reactie. 'Doe even normaal.'

Antwoord kreeg ze niet. Carlo keek haar recht aan, leek iets te willen zeggen, maar draaide zich toen om en liep weg. Heleen keek verbaasd naar zijn rug.

Het volgende moment werd ze afgeleid doordat Florian aan haar arm trok. 'Mam, mag het? Mag het?'

'Oké,' ging ze overstag, 'maar niet te veel herrie maken, hè.'

'Doen we niet!' Met het volume waarop hij die belofte maakte, verbrak hij hem meteen weer. Heleen keek toe hoe de kinderen zich uit hun kleren werkten. Allebei hadden ze blijkbaar vanochtend al zwemkleding aangetrokken. Vaak gebeurde het dat ze bij hun zondagse bezoekje aan het dorp bevriende kinderen tegenkwamen en dan werd er ter plekke besloten bij een van hen thuis te gaan zwemmen. Een zwembad in de tuin was voor veel gezinnen hier immers gewoon een gegeven, niet de exceptionele luxe die het in Nederland was.

Carlo dook weer naast haar op met zijn gereedschapskist in zijn hand. Ze wilde iets zeggen over zijn gedrag, maar hij was haar voor. 'Ik ga even kijken naar die lekkende kraan op kamer drie. Die wil ik gerepareerd hebben voordat de nieuwe gasten vanmiddag komen.'

Van de irritatie was niks meer merkbaar. Heleen twijfelde even, maar liet het erbij. Het laatste waar ze zin in had, was ruzie. Ze knikte. 'Ik ga de welkomstmandjes klaarmaken. Hebben we nog van die lekkere rosé, of zal ik die witte pakken?'

'Volgens mij hebben we nog twee flessen rosé. Ik zal Giorgio bellen of hij nog voorraad heeft.' Giorgio was de eigenaar van een wijnwinkeltje in het dorp. Daarnaast leverde hij aan veel restaurants. Hij was gespecialiseerd in Toscaanse wijnen en wist hen altijd te verrassen met iets nieuws, dat nog lekkerder was dan ze daarvoor hadden geproefd. Heleen had gemerkt dat gasten het leuk vonden om bij aankomst verrast te worden met een mandje met lokale producten en wijn mocht daarin natuurlijk niet ontbreken.

'Aan de kant, ik kom eraan!' hoorde ze Florian joelen voordat hij met een grote boog naast zijn zus in het zwembad sprong. Heleen zuchtte even vermoeid. Het had gewoon weinig zin om te proberen hem tot kalmte te manen. Ze kon hem maar beter even laten begaan, er waren nu toch geen gasten. Tegen die tijd dat die aankwamen, zou hij in elk geval een beetje energie minder hebben.

Ze liep naar het keukentje, waar het ook al bloedheet was. Ze zette de fan aan het plafond aan, die een klein beetje verkoeling bracht. Daarna begon ze de mandjes samen te stellen. Er zouden twee gezinnen en een echtpaar komen. Opa en oma die voor hun veertigjarig huwelijk hun kinderen, aanhang en kleinkinderen meenamen naar Italië. Heleen had een kaart gekocht voor het echtpaar om hen te feliciteren met hun huwelijksfeest, die ze in de mand stopte. Daarnaast deed ze er behalve een fles wijn ook een fles champagne en twee glazen bij. Het was dit soort details dat een verblijf in de casa vanaf het begin goed maakte. Neuriënd vulde ze de andere mandjes met wijn, een fles vers vruchtensap, chocolade en Italiaanse koekjes.

'Mam!' Sophia verscheen in de keuken, druipend van het water. 'Mogen we wat drinken?'

'Lieverd...' Heleen keek afkeurend naar het waterballet. 'Is het nou zo moeilijk om je even af te drogen voordat je naar binnen loopt?'

'Sorry...'

Heleen pakte een oude handdoek en maakte de vloer droog. Daarna legde ze hem neer, zodat Sophia erop kon gaan staan. 'Wat wil je drinken?'

'Cola.'

Heleen trok haar wenkbrauwen op. 'En nu echt?'

'Je vroeg het.'

'Maar je weet dat dat niet mag.' Ze haalde diep adem en streek een haarlok uit haar gezicht. Het was veel te warm om dit soort discussies met haar dochter te voeren. 'Dus wat wil je wel?'

'Appelsap.'

Heleen trok de koelkast open en haalde er twee plastic flesjes sap uit. 'Hier, neem dit maar mee naar buiten. Niet in de tuin laten liggen, hè?'

Sophia beloofde het en liep weg. Heleen keek haar na, en zuchtte bij het zien van de natte voetstappen. Vanaf het begin hadden ze de kinderen duidelijk gemaakt dat de casa nu was waarvan ze leefden. Voor hen alle vier was het zaak om zich te realiseren dat de uitstraling van de casa allesbepalend was. Ze vond het goed dat Sophia en Florian daar ook van doordrongen raakten, al werkte het niet altijd, zo bewees het spoor op de vloer. Ach, ze kon vast ook niet van de kinderen verwachten dat ze daar altijd mee bezig waren, als ze er zo nu en dan rekening mee hielden, was het al mooi. Ze hoefden echt niet hun hoofd te breken over hoe ze konden zorgen dat de kamers volgeboekt zaten en dat de gasten het naar hun zin hadden, maar Heleen vond het helemaal niet slecht dat ze iets meekregen van hoe je een bedrijf runde en wat gastvrijheid inhield. In Nederland had ze de kinderen wat extra zakgeld laten verdienen met de auto wassen en helpen in de tuin, hier gaf ze hen een paar euro als ze het terras veegden of hielpen met de kamers schoonmaken. Daar werden ze echt niet minder van.

Ze liep naar de receptie en pakte een rol transparante folie. In de keuken pakte ze de mandjes in en niette er de speciale welkomstkaartjes van Casa Helena aan vast. Tevreden bekeek ze het resultaat.

'Mam!'

Ze draaide zich om. Sophia stond weer in de keuken, opnieuw druipend van water. 'Wat heb ik nou gezegd?' schoot Heleen uit haar slof. 'Nu sta je weer de hele boel nat te maken!'

'Maar mam...'

'Is het nou zo moeilijk om even na te denken?' Heleen pakte de inmiddels natte handdoek en gooide die op de grond, de protesten van haar dochter negerend. Met nijdige bewegingen begon ze de vloer droog te vegen. 'Je bent toch niet doof?'

'Florian is weg!' Sophia's stem klonk half huilend.

'Wat?' Heleen stopte midden in een beweging. Ze bleef staan met één been op de handdoek en keek haar dochter aan. 'Hoe bedoel je?'

'Ik had drinken gehaald en toen zag ik hem nergens meer. Maar ik dacht dat hij zo terug zou komen, dus ging ik weer zwemmen, maar hij is er niet.' Ze keek haar moeder aan. 'Ik heb hem al geroepen, maar hij komt niet.'

Heleen fronste. 'Hij is vast ergens in de tuin.'

Ze liep met haar dochter mee naar buiten. Het zwembad was inderdaad verlaten. Florians kleren lag in een slordige bult op het gras. 'Florian!' riep ze. 'Flo! Kom eens hier!'

Geen reactie. Heleen liep een stukje de heuvel af, naar de rand van de tuin. Daar stond een hek, dat niet veel voorstelde. Er zaten grote kieren onder, waar Amico altijd doorheen was gekropen. Een klein loophekje verschafte toegang tot een pad dat verder de heuvel afliep. Na een meter of vijftig vertakte het pad zich in een gedeelte dat het bos in liep en een gedeelte dat verder naar beneden liep, het dal in.

Heleen voelde aan het hekje, dat met een schuif dicht zat. Florian liep weleens de tuin uit, maar had de gewoonte het hek vervolgens gewoon op te laten staan. 'Hij is niet weggegaan', zei Heleen dan ook. Ze draaide zich weer om en speurde de tuin af. 'Flo!'

De deur van een van de appartementen op de bovenverdieping ging open. Carlo verscheen op het klein balkonnetje. 'Wat is er aan de hand?'

'Is Florian bij jou?'

'Nee, hoezo?'

'We kunnen hem niet vinden. Florian!' Ze keek weer om zich heen, maar van haar zoon ontbrak ieder spoor. 'Misschien is hij even naar huis gelopen', zei ze tegen Sophia. 'Omdat hij een bal wilde halen, of zoiets.'

'Ik ga kijken.' Sophia liep op een drafje weg.

Heleen keek omhoog naar Carlo. 'Vreemd', zei ze, terwijl ze probeerde het ongeruste gevoel dat zich langzaam door haar lichaam verspreidde te onderdrukken. 'Het is niks voor Flo om zomaar weg te lopen.'

Ze verwachtte half dat Carlo zijn schouders zou ophalen en zou zeggen dat hij vast elk moment weer kon opduiken. Als iemand niet snel bezorgd was, dan was hij het. Maar haar man staarde haar aan, zijn mond een beetje open en met iets van schok op zijn gezicht.

Ondanks de hitte voelde Heleen een rilling langs haar rug gaan. 'Wat is er?' vroeg ze met een stem die licht trilde.

Maar ze kreeg geen antwoord.

7

‘Hij is ook niet thuis.’ Aan Sophia’s hijgende stem en vuurrode gezicht was te merken dat ze had gerend. ‘Hebben jullie hem al?’

Heleen schudde haar hoofd. Ze had inmiddels binnen gezocht en was nu bezig om samen met Carlo de hele tuin door te lopen. Maar zowel in de moestuin als tussen de olijfbomen kon ze Florian niet vinden, en verder was de tuin zo open, dat verstoppen vrijwel onmogelijk was.

Ze was opgehouden met roepen. Onrustig liep ze heen en weer en keek rond, alsof Florian elk moment zomaar kon opduiken. Ze hoorde het hekje open en dicht gaan en keek met een ruk om, maar het was Carlo. Hij schudde zijn hoofd. ‘Ik ben een eind het paadje afgelopen, maar ik zie hem nergens.’

'Ik zou niet weten waarom', antwoordde Heleen. 'Hij wilde juist zo graag zwemmen, omdat hij het warm had. Waarom zou hij dan ineens besluiten in het bos te gaan lopen?'

Carlo haalde zijn schouders op. 'Dat weet ik ook niet. Maar je weet hoe hij is. Het ene moment wil hij dit en dan bedenkt hij ineens iets anders.'

Heleen keek hem aan, totaal niet overtuigd.

'Hij zei gisteren wel iets...' Carlo staarde nadenkend in de richting waaruit hij net was gekomen. 'We waren in de tuin en ineens zei hij dat hij Amico het bos in zag lopen. Hij wilde meteen gaan kijken.'

Daar hoorde Heleen van op. 'Dat heb je niet verteld.'

'Ik heb hem uitgelegd dat ik begreep dat hij Amico miste, maar dat het niet mogelijk was dat hij hem zag. Hij wilde samen gaan zoeken, maar dat heb ik niet gedaan. Ik wilde hem geen hoop geven.' Hij haalde diep adem. 'Ik had er niet meer aan gedacht, maar nu... Misschien is hij wel gaan kijken.'

Heleen knikte langzaam. 'Waar was dat?'

'Bij het bos.'

'Ik ga erheen.'

'Nee, blijf jij maar hier. Ik ga.' Carlo liep de tuin weer uit.

Sophia kwam naast Heleen staan en pakte haar arm. 'Hij komt toch wel weer terug, hè mam?'

'Natuurlijk', antwoordde Heleen, maar ze hoorde zelf de angst die in haar stem doorklonk.

Eén keer eerder was ze Florian kwijt geweest. In Blijdorp, nu vier jaar geleden. Een ondernemend mannetje was hij altijd al geweest en toen ze even niet oplette, was hij op zoek gegaan naar de leeuwen, zijn grote favorieten in de dierentuin. In de halve minuut die ze nodig had om een pakje drinken te pakken en aan de over dorst zeurende Sophia te geven, had Florian de benen genomen. Achteraf had Heleen zich wel voor haar kop kunnen slaan dat ze hem niet in zijn buggy had vastgegespt, maar dat leverde over het algemeen zo'n brulpartij op, dat ze hem maar gewoon zelf liet lopen. Het had een halfuur geduurd voor ze hem terug had. Een halfuur waarin ze hem in gedachten al in het leeuwenhok zag zitten, of tussen de gorilla's, of in het bassin van de zeeleeuwen. Florian was snel en behendig en had het talent overal ongezien doorheen te glippen.

Gelukkig was het een oudere dame opgevallen dat de guitige, donkerharige peuter die naast haar naar de bavianen stond te kijken – waar Florian was gestrand toen hij de leeuwen niet kon vinden – wel erg alleen was. Ze had hem gevraagd waar zijn moeder was, hij had zijn schouders opgehaald. Dat vond de dame vreemd genoeg om er iemand van het personeel bij te roepen, en uiteindelijk was een zich van geen kwaad bewuste Florian met een huilende Heleen herenigd.

Maar destijds was hij drie jaar geweest en snapte hij niet dat zijn moeder zich zorgen maakte als hij zomaar wegliep. Nu was hij zeven en begreep hij dat dondersgoed. Nog steeds was hij onbezonnen, maar zomaar het bos inlopen omdat hij Amico meende te zien... Ze schudde onbewust haar hoofd. Het was gewoon geen logische verklaring.

Opnieuw liep ze een rondje om de casa. Het hek aan de voorkant was dicht. Gasten kregen een afstandsbediening waarmee ze het konden openen. Als Florian via deze kant weg was gegaan, zou hij het kleine loophekje gebruikt moeten hebben. Dat was gesloten, maar zat zoals gewoonlijk niet op slot. Heleen keek om naar de casa. Het hekje piepte als je het opende, een geluid dat ze vanuit de keuken gehoord zou kunnen hebben. Aan de andere kant, ze had er niet op gelet en bovendien stond de radio aan. Maar waarom zou Florian via de voorkant weggaan?

Ze staarde over de onverharde weg die naar beneden voerde. Na een paar seconden wendde ze haar blik af. Florian mocht dan onbezonnen zijn, hij zou nooit zonder reden zomaar weglopen. En ze zag gewoon geen enkele reden.

Ze liep verder, aan de andere kant van de casa, tussen de olijfbomen door, langs de veranda. Helemaal in een hoek van de tuin stond, achter een kleine haag, een vervallen schuurtje. Het diende nergens voor. Het hout was verrot, de deur hing scheef in de sponning en Carlo zou het afbreken zodra hij tijd had. Heleen liep erheen. Helemaal in het begin had Florian het een spannende plek gevonden om te spelen. Hij had een verhaal verzonnen over een spook dat niet meer in het huis mocht wonen nu Heleen en Carlo er een agriturismo van maakten en dat zich boos in het schuurtje had teruggetrokken, zinnend op wraak. Heleen had geen idee hoe hij bij zulke verhalen kwam, maar toen hij zichzelf er zo bang mee had gemaakt dat hij er naar van ging dromen, had ze het verhaal in de ban gedaan. In plaats daarvan had ze Florian een verhaal laten verzinnen over een lief spook dat een tijdje in het schuurtje had gewoond, maar dat inmiddels samen met een ander spook gelukkig en wel in een huisje woonde. Het was nogal simpel geweest, maar gelukkig had het geholpen.

'Denk je dat hij daar is, mam?' Sophia liep achter haar moeder aan, huiverig. Ze had de schuur nooit een erg fijne plek gevonden en zorgde dat ze niet meer dan een meter bij Heleen uit de buurt was.

Heleen keek naar het vervallen bouwwerk. De deur hing zo scheef dat je zonder die te openen door de opening naar binnen kon stappen. De grendel was open en één scharnier hing nog maar aan een enkele schroef. Heleen trok de deur opzij, die krakend losliet en op de grond belandde. Sophia sprong een stukje achteruit. 'Ik vind het eng, mam', zei ze benauwd.

'Niks aan de hand', mompelde Heleen. Ze stak haar hoofd naar binnen. Het was benauwd en vochtig en het rook er naar aarde en rottend hout. Het schuurtje was niet groot, maar door het donker kon ze het niet helemaal overzien. Ze zette een paar stappen naar binnen en voelde mos onder haar voeten. Ze hadden dit echt al eerder moeten afbreken.

Heleen wachtte tot haar ogen aan het donker gewend waren, maar zelfs toen kon ze niet veel ontwaren. Ze haalde haar iPhone uit de zak van haar short en zette de zaklantaarnfunctie aan. Een bundel fel, wit licht scheen op de grond. De houten vlonders waren inderdaad overwoekerd met donkergroen mos, dat veerde onder haar slippers. Tegen de muur stond wat oud tuingereedschap.

'Mam, kijk...'

Heleen draaide zich om. Sophia had een stuk touw opgeraapt, slordig afgesneden en met een rafelig uiteinde. Ze huiverde even, maar wilde Sophia niets laten merken. 'Dat heeft papa vast in de tuin gebruikt', zei ze luchtig. 'Kom, we gaan weer. Hier heeft Florian zich in elk geval niet verstopt.'

Sophia liet het touw met een vies gezicht op de grond vallen. Ze verlieten het schuurtje. Heleen wierp een blik langs de zijkant. Achter het kleine gebouwtje liep het hek niet door. De bosjes waren redelijk dicht, maar een avonturier als Florian zou zich er met gemak een weg door kunnen banen.

'Kom je, mam?' vroeg Sophia.

Ze knikte half. 'Zo meteen.' Ze wurmde zich langs het schuurtje en keek naar de begroeiing erachter. De takken leken een beetje te zijn omgebogen, maar dat kon ook verbeelding zijn. Ze was hier hooguit vijf keer eerder geweest, ze wist niet hoe de bosjes er normaal gesproken uitzagen. Ze duwde de takken wat opzij en keek tussen de bomen en struiken door. Met wat fantasie kon je zeggen dat er een pad liep, maar zo te zien had niemand er in jaren gebruik van gemaakt. Ze probeerde door de struiken heen te kijken waar het pad uitkwam, maar dat was moeilijk te zien. Als ze de kaart van het gebied in haar hoofd nam, zou ze zeggen dat het verder aansloot op de onverharde weg die vanuit het dorp kwam, op de heuveltop waar de casa was gelegen z'n hoogste punt bereikte, en daarna met een langzame afdaling uitkwam in het dal. Daar lag een aantal boerderijen. Veel contact met de bewoners ervan hadden ze niet, maar ze kenden elkaar en Heleen wist zeker dat de bewoners hen zouden waarschuwen als Florian ineens op hun erf opdook. Hij sprak voldoende Italiaans om zelf duidelijk te kunnen maken dat hij was verdwaald en waar hij woonde.

Ze schrok toen ze iets achter zich hoorde. Met een ruk draaide ze haar hoofd om. Het was Sophia. 'Wat ben je aan het doen?'

'Ik kijk of Florian hier misschien doorheen is gelopen.'

Sophia trok haar wenkbrauwen op. 'Waarom?'

'Misschien zag hij iets, waar hij achteraan wilde.'

'Heb je al iets?' Carlo verscheen naast het schuurtje. Hij fronste. 'Wat zie je?'

Heleen haalde diep adem. 'Het lijkt op een pad, maar...' Ze maakte haar zin niet af. Ze wist eigenlijk niet goed wat ze moest zeggen.

'Ik ben het bos in gelopen, maar daar zie ik hem ook niet.' Zijn gezicht stond bezorgd. 'Zou hij zo ver zijn gegaan dat hij de weg niet meer terug kan vinden?'

Heleen wierp nog een blik op het pad en draaide zich daarna om. 'Dat zou kunnen, daar of anders hier. Als hij echt dacht dat hij Amico zag...'

'En nu?' vroeg Heleen. De sluimerende paniek die ze de hele tijd had weten te onderdrukken, baande zich nu een weg door haar hele lichaam. Haar hart bonkte, haar knieën begonnen te beven en ze zocht steun tegen de wand van het schuurtje. Ze wierp een snelle blik op Sophia, ze wilde haar dochter niet laten merken dat ze bang was.

'Laten we even teruglopen', zei Carlo. Hij was uiterlijk kalm, maar aan de lichte trilling in zijn stem hoorde Heleen dat hij er allerminst gerust op was.

Met z'n drieën liepen ze naar de casa. 'Waarom ga jij niet nog even zwemmen?' stelde Carlo voor aan Sophia. 'Dan gaan papa en mama een paar mensen bellen om te vragen of Florian daar misschien is.'

Tot Heleens verbazing knikte het meisje en liep in de richting van het zwembad. Sophia was gevoelig genoeg om mee te krijgen dat haar ouders zich zorgen maakten en slim genoeg om zelf te bedenken dat Florian heus niet ineens had bedacht bij een vriendje te gaan spelen. Maar ze liet zich afleiden, al zag Heleen dat ze op een ligstoel ging zitten en voor zich uit staarde.

Ze liepen naar de receptieruimte. Nu haar dochter er niet bij was, had ze moeite de paniek de baas te blijven. 'We moeten de politie bellen', zei ze tegen Carlo. 'Florian zou echt niet zomaar weglopen. Niet zo lang, in elk geval.' Ze keek op haar horloge. 'Hij is nu al zeker een halfuur weg.'

Ze verwachtte half dat haar man haar zou tegenspreken. Carlo wist meestal heel lang het hoofd koel te houden, iets wat ze zowel prettig als irritant vond. Maar nu keek hij haar aan en keek zo bezorgd, dat Heleen ervan schrok. Carlo knikte en pakte de telefoon.

Heleen ging op de stoel achter de receptie zitten en tikte rusteloos met haar vingers op het bureau. Ze pakte haar iPhone en ging door de lijst met contactpersonen heen, in de hoop dat ze een naam tegenkwam van iemand die hen kon helpen. Florians vriendjes woonden allemaal in het dorp. Als hij al had bedacht dat hij ergens wilde spelen, zou hij echt niet zomaar op weg gaan.

Ze kwam het nummer tegen van hun buurvrouw, op tweehonderd meter afstand. Even aarzelde ze, toen drukte ze op de knop om contact te maken. Terwijl ze luisterde hoe de telefoon overging, keek ze naar Carlo, die gefrustreerd duidelijk maakte dat hij in de wacht hing.

Heleen hoorde er aan de andere kant werd opgenomen. 'Hallo?'

'Met Heleen Marino', zei ze. Er ging duidelijk geen belletje rinkelen en ze verduidelijkte: 'Van Casa Helena. De buren.'

'Ah!' Nu wist de buurvrouw het wel. 'Hallo.' In haar toon klonk nieuwsgierigheid door. Heleen had haar één keer eerder gebeld en dat was om te vragen of de elektriciteit bij hen ook was uitgevallen toen ze zelf al een uur in het donker zaten. Dat bleek het geval en dus had Carlo zijn zoektocht naar de oorzaak van het probleem kunnen staken.

'Ik eh...' In stresssituaties had Heleen nog weleens moeite met de Italiaanse taal. Ze kende de woorden, maar worstelde om een zin op te bouwen. 'We zijn op zoek naar Florian', zei ze uiteindelijk. 'Onze zoon. Hij is niet meer hier en ik hoopte dat jullie hem misschien hadden gezien.'

'Nee, hier is hij niet. Althans...' Heleen hoorde voetstappen en het geluid van een deur die open en dicht ging. 'Ik kijk even buiten. Silvio!' Haar stem klonk verder weg en Heleen hoorde haar in razendsnel Italiaans met haar man praten. Daarna kwam ze weer aan de telefoon. 'Silvio heeft hem ook niet gezien. Is hij de weg afgelopen?'

'Dat weten we niet. Hij was aan het zwemmen en daarna was hij ineens weg.'

'Als we hem zien, laat ik het meteen weten.'

Heleen bedankte de oudere dame en hing op. Net op dat moment werd Carlo doorverbonden. Heleen hoorde hem uitleggen wat er aan de hand was. Daarna luisterde hij even, zei een paar keer kort ja en nee en knikte wat. Daarna was hij weer even stil. Heleen keek vragend.

'Hij gaat even kijken of er iemand heeft gebeld', zei Carlo. 'Misschien heeft iemand hem gezien of thuis opgevangen.'

Heleen knikte kort en trok haar wenkbrauwen op. Dat leek haar sterk. In de korte tijd kon Florian nooit helemaal naar het dorp zijn gelopen en hun buren zouden, ook zonder een telefoontje, heus niet de politie bellen.

'Ja?' zei Carlo, toen de agent blijkbaar weer aan de lijn kwam. 'Niemand?'

Hij luisterde weer even en schudde toen zijn hoofd. 'Nee, nee. We hebben niks vreemds gezien of gemerkt.' Weer een stilte. 'Ook geen vreemde mensen, nee.'

Heleen zag dat hij het gesprek moeilijk vond. Zijn adamsappel ging snel op en neer terwijl hij praatte en zijn stem trilde. Zelf had het ze het idee dat ze in een of ander vreemd toneelstuk was beland. Of eigenlijk, alsof ze er als toeschouwer naar keek. Ze wist dat ze erbij was betrokken en ze voelde de emoties, maar tegelijkertijd was het zo bizar dat het nog niet helemaal tot haar leek door te dringen. Ze keek naar de deur en kon zich bijna verbeelden dat Florian in de deuropening stond. Zijn gezicht schuldbewust, zijn kleren vol vlekken en scheuren omdat hij door het struikgewas was gekropen. Ze slikte en voelde een brok in haar keel, maar tranen kwamen er niet. Het was alsof de angst die blokkeerde.

'Nee, we willen niet wachten', hoorde ze Carlo zeggen. Zijn stem klonk een paar octaven hoger dan anders. 'Er moet iets gebeurd zijn, anders was hij niet weg.' Hij zweeg even, maar wat er aan de andere kant van de lijn werd gezegd, beviel hem duidelijk niet. 'Een paar uur wachten? Jullie moeten hem nu gaan zoeken!'

Heleen keek hem aan, geschrokken. Wilde de politie echt de zaak op z'n beloop laten?

'Hij is niet weggelopen', riep Carlo uit. 'Hij is zeven jaar! Kinderen van die leeftijd lopen niet zomaar weg.' Hij schudde geagiteerd zijn hoofd toen de agent blijkbaar iets zei. 'Er was helemaal geen ruzie. Hij was samen met zijn zus aan het zwemmen en ze vermaakten zich prima. Hij was juist blij dat hij mocht zwemmen, omdat er nu even geen gasten zijn. Die kans wilde hij zich echt niet laten ontnemen, dus als hij al een stukje weggelopen zou zijn om wat voor reden dan ook, zou hij snel weer teruggekomen zijn. Hij moet verdwaald zijn of... of...'

Heleen kromp een beetje ineen toen Carlo het woord uitsprak, dat ze zelf niet eens in gedachten wilde horen.

'Of meegenomen.' Carlo had er zelf duidelijk ook moeite mee. Een scala aan emoties trok over zijn gezicht, variërend van angst en verdriet tot boosheid dat hij zich blijkbaar door de agent niet serieus genomen voelde.

'Nogmaals, ik heb niks of niemand gezien', zei hij. 'Maar ik weet wel dat mijn zoontje niet zomaar uit mijn tuin verdwijnt.'

Hij bleef volhouden, maar de man aan de andere kant van de lijn was duidelijk van mening dat Florian nog niet lang genoeg weg was om een zoekactie te beginnen.

Heleen probeerde haar boosheid niet de overhand te laten nemen en bande opkomende gedachten aan Nederland. Toen hun buurjongetje een jaar of drie geleden zomaar uit de tuin was verdwenen, had de politie bij het eerste telefoontje van zijn moeder meteen alarm geslagen. Heleen herinnerde zich nog de twee politiewagens die binnen no time voor de deur hadden gestaan en de grootschaligheid van de actie. Gelukkig was het mannetje binnen twee uur gevonden en bleek hij op weg te zijn gegaan naar de supermarkt omdat hij graag een snoepje wilde en zijn moeder had gezegd dat ze die niet in huis hadden. Alleen was hij al bij het eerste kruispunt verkeerd gelopen en uiteindelijk in een heel andere buurt beland.

Maar dit was Nederland niet en hier vond de politie het duidelijk niet nodig om actie te ondernemen. 'Oké', hoorde ze Carlo uiteindelijk zeggen. 'Dan doen we dat. Ja. Goed.'

Met een geïrriteerd gebaar verbrak hij verbinding. 'Pas als hij twee uur weg is, komen ze in actie.'

'Twee uur?' Heleen keek hem geschrokken aan. 'Als hij is verdwaald en hij loopt de verkeerde kant uit, kan hij wel ik-weet-niet-waar zijn tegen die tijd.'

Carlo haalde diep adem. 'Dat is het beleid, volgens die agent. Omdat de meeste kinderen binnen twee uur wel weer worden gevonden.'

'Wat dacht hij dan? Dat Flo weggelopen is, omdat hij boos is.'

'Dat zei hij. Het schijnt vaker te gebeuren. Ik zei dat Florian helemaal niet boos was, maar daar leek hij niet naar te luisteren.'

'En hij vroeg ook of we vreemde dingen hadden gezien? Of mensen?'

Carlo knikte. 'Ja, maar...' Hij leek heel even te aarzelen. Het moment duurde zo kort dat Heleen dacht dat ze het zich had verbeeld. Daarna schudde hij zijn hoofd. 'We zullen die twee uur moeten wachten. Ik loop nog een keer naar het bos, misschien dat hij daar toch was en me inmiddels wel hoort als ik hem roep.'

Heleen keek toe hoe hij de ruimte verliet en bleef daarna besluiteloos zitten. Ze wilde het liefst gaan zoeken, persoonlijk elke vierkante meter in de omgeving uitkammen. Maar tegelijkertijd wilde ze hier blijven voor als Florian terugkwam.

'Heeft papa de politie gebeld?' Sophia kwam binnen met een mengeling van angst en ongeloof op haar gezicht. 'Dat zei hij. En dat de politie denkt dat Florian zo weer terugkomt.'

'Ja, dat klopt', antwoordde Heleen zo rustig mogelijk. 'Papa wilde graag weten of de politie het ook zo vreemd vindt dat Florian ineens weg is.'

Ze hoopte dat Sophia zich door die woorden liet geruststellen. Haar dochter bleek nu echter haarfijn aan te voelen dat Heleen dodelijk ongerust was. Ze hield haar hoofd schuin en keek haar moeder aan. 'Denken jullie dat Florian door iemand is meegenomen?'

Heleen slikte. Daar wilde ze helemaal niet aan denken. 'Waarom vraag je dat?' vroeg ze, om tijd te rekken waarin ze een antwoord kon verzinnen dat Sophia niet verder van slag zou maken, maar dat ook recht zou doen aan de waarheid. Ze wilde niet glashard tegen haar dochter liegen. Sophia was pienter genoeg om daar zo doorheen te prikken.

'Omdat hij allang terug was geweest als hij even uit de tuin was gelopen', antwoordde Sophia. 'Hij heeft dat weleens vaker gedaan en dan mocht ik dat niet zeggen. Maar jullie merkten het nooit.'

'Wat heeft hij vaker gedaan?' vroeg Heleen.

'Het hek uit lopen. Hij wilde weten waar dat pad op uitkomt of zoiets. Maar het mag niet van jullie.'

Heleen keek haar dochter aan. Bruusker dan ze wilde vroeg ze: 'Waarom heb je dat niet tegen ons gezegd?'

Sophia sloeg haar blik neer. 'Flo zei dat als ik dat zou doen, hij zou zeggen dat... dat...'

'Dat wat?' Heleen stond op en liep op haar dochter af. Ze onderdrukte de neiging om haar bij haar armen te pakken en het antwoord desnoods uit haar te schudden.

'Dat ik een keer een koekje had gepakt uit de trommel', gooide Sophia eruit. Meteen daarna begon ze te huilen. 'Maar dat is al heel lang geleden en ik... ik... Ik wilde Florian gewoon niet verraden.' Ze keek haar moeder aan, haar ogen betraand. 'Is het nu mijn schuld?'

'Wat? Nee, natuurlijk niet, schat.' Heleen spreidde haar armen en sloeg die troostend om Sophia heen. Ze moest moeite doen haar eigen tranen te bedwingen. 'Natuurlijk is het niet jouw schuld', herhaalde ze. 'Het is niemands schuld. Florian is vast gewoon verdwaald.'

'Maar hij doet het best vaak, mam', zei Sophia met haar gezicht tegen haar moeders buik. 'Hij kent dat pad goed. En nu zei hij helemaal niet dat hij daarheen ging, want hij wilde juist zo lang mogelijk zwemmen tot de gasten zouden komen.' Sophia hief haar gezicht op. 'Heeft iemand hem meegenomen?'

Heleen keek haar dochter aan. 'Heb je iets gezien? Al is het maar iets kleins, wat helemaal niet belangrijk lijkt. Probeer goed na te denken.'

Ze zag dat Sophia haar best deed, maar het meisje schudde haar hoofd. 'Ik heb niks gezien.' Haar lip begon weer te trillen. 'Komt hij nou nooit meer terug, mama?'

Heleen streek over haar dochters haar. 'Natuurlijk komt hij wel terug', zei ze veel zekerder dan ze zich voelde. 'Dat weet ik zeker.'

'Gaat de politie hem zoeken?'

Heleen schudde haar hoofd. 'Nu nog niet. Ze denken dat hij vanzelf terugkomt.'

Ze probeerde het geruststellend te laten klinken, maar hoorde zelf dat dat niet lukte.

8

‘We gaan nú naar de politie.’ Heleen keek naar de klok op de muur en daarna naar Carlo. ‘Hij is anderhalf uur weg, het is genoeg geweest. Hij is niet zomaar weggelopen. Als dat al is gebeurd, dan is hij verdwaald en moeten ze hem gaan zoeken. Het is drie uur. Als ze nu gaan zoeken, hebben ze nog uren voordat het donker wordt.’

Carlo knikte. ‘Je hebt gelijk. Ik ga ze bellen.’

‘Bellen?’ Heleen schudde ferm haar hoofd. ‘We laten ons niet nog een keer afschepen. We gaan erheen.’

‘En hier dan? Als Florian terugkomt...’

Heleen keek hem aan. ‘Als hij ergens in de buurt was, was hij allang terug geweest. Dat is niet gebeurd. Ik denk niet...’

Ze slikte en herpakte zich. ‘Ik denk niet dat hij zomaar terugkomt.’

Net op dat moment hoorde ze geknerp van grind. Er reed een auto het terrein op, die op de kleine parkeerplaats aan de zijkant van de casa tot stilstand kwam.

Ook een tweede auto reed het hek binnen. Heleen vloog naar buiten, maar de mensen die uitstapten kende ze niet. Even knipperde ze met haar ogen, toen zag ze het Nederlandse nummerbord. Haar gasten! Ze had er geen moment meer aan gedacht dat ze zouden komen.

Snel keek ze om naar Carlo, die achter haar in de deuropening was verschenen. Ze wilde geen minuut meer verspillen, ze wilde nu naar de politie. Maar ze kon haar gasten ook niet zomaar aan hun lot overlaten.

Carlo kwam op haar af gelopen. 'Laten we ze snel inchecken en dan gaan we.'

'De mandjes staan nog niet eens op hun kamers.'

'Doe ik wel.'

Hij verdween naar binnen en Heleen liep op de Nederlandse familie af. 'Hallo, welkom. Heleen Marino.' Ze schudde handen, hoorde namen die ze meteen weer vergat. 'Hai. Leuk dat jullie er zijn. Lopen jullie mee naar de receptie?'

Ze zag dat haar gasten eigenlijk eerst hun bagage wilden uitladen en even wilden acclimatiseren, om zich heen wilden kijken, het landschap in zich wilden opnemen. Alles waarvoor ze normaal gesproken alle tijd zou gunnen.

'Ik zal jullie inchecken', zei ze met enige nadruk. De man van het oudere echtpaar keek haar aan en leek te begrijpen dat ze haast had. Hij fronste even, maar knikte toen. 'Ja, natuurlijk. Ik loop mee. Wat een prachtige plek hebben jullie hier.'

'Zeker, ja. Bedankt.' Heleen moest zich inhouden om niet op een drafje naar binnen te gaan. Vanuit haar ooghoek zag ze Sophia, die wat besluiteloos stond te wachten.

Ze ging achter de receptie zitten en maakte snel het papierwerk in orde. Normaal gesproken zorgde ze dat alles al klaar lag, maar nu was ze daar niet aan toe gekomen. Ze printte de incheckformulieren, terwijl ze zich moest inhouden om niet te vloeken over de traagheid van de printer. 'Als u hier en hier uw handtekening wilt zetten', zei ze tegen de man.

Tot haar frustratie zag ze dat hij eerst het hele formulier ging lezen en daarna pas de pen oppakte. Hij draaide zich om, antwoordde op iets wat een van zijn kinderen zei en richtte zijn aandacht daarna weer op het papier. Heleen keek onopvallend naar de klok. Weer een kwartier verstreken.

'Zal ik dit even invullen?' De man wees naar een aantal ontbrekende gegevens, die Heleen nog uit een mail op het formulier moest overnemen.

'Maakt u zich geen zorgen,' zei ze zo ontspannen mogelijk, 'dat doe ik straks wel. Uw handtekening is echt het enige wat ik nodig heb.'

'Oké.' De man ondertekende het papier en schoof het daarna terug naar Heleen. Ze trok het naar zich toe, opende een la en legde het erin. Daarna draaide ze zich om naar de sleutelkast en pakte snel de drie betreffende sleutels. 'Uw kamers zijn nummers twee, drie en vier. Ze liggen op de eerste verdieping.'

'Is er een lift?'

'Nee, de trap bevindt zich daar.' Ze maakte een handgebaar in de juiste richting.

'Ik zal uw bagage naar boven brengen.' Dat was Carlo. Hij pakte drie koffers tegelijk op en liep in hoog tempo de trap op. Heleen sloot even haar ogen. Hun goede naam, de gastvrijheid, de hele casa – het kon haar op dit moment gestolen worden.

Uiteindelijk stond de bagage op de bovenverdieping en waren de gasten naar hun kamers verdwenen. Carlo had hen uitgelegd dat het tegen hun gewoonte was, maar dat ze allebei even weg moesten voor iets dringends. En dat ze later terug zouden komen om vragen te beantwoorden, mochten die er zijn. De gasten leken niets te merken van de stress en hadden geknikt en nogmaals hun bewondering over Casa Helena geuit.

'Moest dat zo lang duren?' vroeg Heleen geïrriteerd toen ze zich met z'n drieën vanaf de casa naar hun huis haastten. 'Ze hadden best hun eigen bagage kunnen dragen.'

Carlo keek om. 'We kunnen die mensen moeilijk aan hun lot overlaten.'

'Nu zijn we weer een halfuur later.'

Carlo gaf geen antwoord. Ze bereikten hun auto en stapten snel in. Carlo gaf gas en ze draaiden de weg naar het dorp op. Harder dan goed was voor de vering en de schokdempers van de Fiat reden ze naar beneden. Een paar keer stootte Heleen bijna haar hoofd aan het plafond, zo hard gingen ze door de kuilen, maar ze merkte het nauwelijks.

Carlo parkeerde naast het centrale plein, waaraan het politiebureau was gelegen. Het was een los- en laadzone waar een auto maximaal tien minuten mocht staan, maar geen van beiden maalden ze erom. Heleen stapte uit en zette koers naar het bureau. Ze voelde Sophia's warme hand in de hare. Haar dochter moest bijna rennen om haar bij te houden. Heleen wilde iets zeggen om haar gerust te stellen, maar ze kon simpelweg niets bedenken.

Heleen draafde de paar treden van het bordes op en ging het bureau binnen. Ze hoorde Carlo vlak achter haar. Het was druk in de ontvangstruimte. Ze keek naar de banken tegen de muur, waar geen plek meer vrij was. Aan de balie stond een Italiaanse familie, die op hoge toon iets duidelijk probeerde te maken aan een jonge agente, die met één vinger iets intypte op de computer. Heleen ving een paar woorden op en begreep dat het over een inbraak ging, zo te horen in een auto.

Ze ging achter de familie in de rij staan en tikte ongeduldig met haar voet tegen het linoleum. Elke keer als de agente hen beloofde dat er echt iemand zou komen om hun aangifte op te nemen, begonnen ze weer met veel drama uit te leggen dat hun auto was opengebroken en dat er blijkbaar iets duurs was gestolen. Heleen begreep niet helemaal wat dat dan was en het interesseerde haar nog veel minder. Dit duurde veel te lang.

Ze keek vluchtig naar Carlo en zond hem een veelbetekenende blik. In zijn ogen zag ze dezelfde onrust als zij voelde. Hij knikte en duwde zonder pardon de vrouw voor hem aan de kant, zodat hij voor de balie kwam te staan. Dat kwam hem op een verontwaardigde reactie te staan, niet alleen van de vrouw maar van de hele vijfkoppige familie. Carlo leek het nauwelijks te horen.

'U moet ons helpen', zei hij tegen de agente achter de balie, die nu helemaal niet meer leek te weten wat ze moest doen. 'Onze zoon is vermist.'

'Meneer, u moet even wachten', zei de vrouw. Ze keek met iets van verontschuldiging in haar ogen naar de familie, die hevig protesteerde tegen Carlo's actie. Heleen moest zich inhouden om niet in woede te ontsteken. Normaal gesproken kon ze altijd wel lachen om al het drama dat Italianen maar al te graag tentoonspreidden, nu was ze in staat om desnoods fysiek geweld te gebruiken om deze mensen te laten ophouden.

'Ik kan niet wachten', hoorde ze Carlo zeggen. 'We moeten nu iemand van de recherche spreken. Onze zoon is meer dan twee uur geleden uit onze tuin verdwenen en sindsdien hebben we hem gezocht. Maar hij is nergens te bekennen. Hij is... Iemand heeft... U moet ons nu helpen!'

Heleen wist niet of de vrouw de urgentie inzag of gewoon van het gedoe voor de balie af wilde zijn, maar ze pakte de telefoon en voerde een kort gesprek, waarvan Heleen niks kon verstaan. Daarna wees ze naar de volle wachtruimte. 'Er komt zo iemand aan.'

Carlo draaide zich om en pakte zijn vrouw bij haar arm. Er was nergens meer plek en ze gingen tegen de muur staan. Heleen staarde als gehypnotiseerd naar de schuifdeuren, maar minutenlang gebeurde er niks. Net toen ze op het punt stond opnieuw naar de balie te lopen en de heetgebakerde familie voor de tweede keer opzij te schuiven, gingen de deuren open. Een agent van een jaar of zestig verscheen in de wachtruimte. Hij trok zijn borstelige wenkbrauwen op en keek rond, schijnbaar verbaasd bij het zien van zoveel mensen.

Heleen wachtte niet af tot hij hen zou roepen. Ze stapte meteen op hem af, gevolgd door Carlo en Sophia. 'Rechercheur?' vroeg ze.

De man keek ook naar haar met enige verbazing en Heleen begon te vermoeden dat het zijn normale blik was. 'Marino?'

'Dat zijn wij', zei Heleen ongeduldig. De man knikte, bleef even staan en gebaarde toen dat ze mee konden lopen. Ze gingen door de schuifdeuren en linksaf. Nog maar een paar dagen geleden waren ze op dezelfde gang geweest. De rechercheur ging hen voor een kamer in. Een andere dan de vorige keer, maar de inrichting was identiek. Een bureau met één stoel erachter en twee ervoor. Er stond een computer die zijn beste tijd had gehad en de vaalgeel geschilderde muren konden wel een likje verf gebruiken. Op de vloer lag linoleum, net als in de rest van het bureau.

Het was warm in de kamer, van een airconditioning hadden ze hier duidelijk nog nooit gehoord. Heleen nam plaats op een van de stoelen, Carlo ging naast haar zitten. Sophia kroop bij haar vader op schoot.

De rechercheur bood hen iets te drinken aan, dat ze allebei afsloegen. Zelf nam hij ook niks en ging achter het bureau zitten. Hij trok een la open, haalde er een papier uit en keek hen daarna vragend aan. 'Uw zoon? Wat is er aan de hand?'

Carlo vertelde in een paar zinnen wat er was gebeurd. 'Het is niks voor hem', benadrukte hij daarna. 'Als hij al eens de tuin uitgaat, is hij altijd snel weer terug.'

'Dat doet hij vaker?'

'Nee, nee.' Carlo schudde driftig zijn hoofd. 'Niet vaak. Maar áls het al eens gebeurt, gaat hij nooit ver. En hij weet altijd de weg terug te vinden, hij kent het bos in de buurt en alle paadjes.'

De agent knikte. Het was stil in de ruimte terwijl hij aantekeningen maakte. Het enige geluid kwam van de zwiepende fan aan het plafond, die nauwelijks verkoeling bracht.

De agent keek op, langs Heleen heen, naar de klok die aan de muur hing. 'Dus hij is nu ruim tweeënhalf uur weg.'

'Jullie moeten hem gaan zoeken', zei Heleen. 'Er is iets ergs gebeurd, dat kan niet anders.'

'Heeft u een foto van hem?'

Heleen knikte en haalde haar telefoon uit haar tas. Ze zocht er eentje uit waar Florian duidelijk opstond en liet die aan de agent zien. Hij knikte. 'Mail die maar even.'

Met een tik tegen de muis wekte de rechercheur de computer tot leven. Het leek hem moeite te kosten zich te herinneren hoe hij het apparaat ook alweer moest gebruiken, maar even later had hij het mailprogramma opgestart. Heleen had intussen drie foto's doorgestuurd. De rechercheur knikte. 'Ze zijn binnen.' Hij klikte wat, typte iets in en klikte opnieuw. Daarna pakte hij de telefoon en belde blijkbaar iemand die in de buurt van de printer was en die de foto's moest komen brengen. Het viel Heleen nog mee dat er überhaupt een printer aanwezig was en dat die blijkbaar ook foto's kon printen.

'Dus hij is uit de tuin gegaan en daarna hebben jullie hem niet meer gezien?'

Heleen schudde haar hoofd. 'We hebben hem ook niet uit de tuin zien gaan. Hij was met zijn zus aan het zwemmen. Zij liep even naar binnen om iets te drinken te halen en toen ze terugkwam, was Florian verdwenen.'

'Hoeveel tijd zat daartussen?'

'Een paar minuten.'

De agent krabbelde iets op het blaadje. 'Zou het kunnen dat hij een grapje wilde uithalen en zich wilde verstoppen? En dat hij toen verder weg is gegaan dan hij had moeten doen en verdwaald is?'

Heleen keek naar Carlo. Ze vond het een belachelijke suggestie en zo te zien dacht hij daar hetzelfde over. 'Er zijn genoeg plekken om je te verstoppen in de tuin of net daarbuiten. Als hij dat wilde, had hij na een paar minuten tevoorschijn kunnen komen. Dan was hij echt niet verdwaald.'

De agent keek hem nadenkend aan. Uiteindelijk knikte hij. 'Oké. En u heeft niks vreemds gezien, vandaag of ergens in de afgelopen dagen? Iets dat toen onbelangrijk leek, maar dat nu misschien in een ander licht is komen te staan?'

Hij keek Carlo aan, maar Heleen antwoordde. Het duurde haar allemaal veel te lang. 'Nee, dat hebben we niet', zei ze gehaast. 'Er is echt al van alles door ons hoofd gegaan, maar we kunnen geen enkele verklaring vinden. Er moet iets gebeurd zijn. Een ongeluk of...' Ze schudde haar hoofd. Haar stem klonk verstikt toen ze haar zin afmaakte. 'Of iemand moet hem hebben meegenomen.'

De agent keek haar aan, maar gaf geen antwoord. Heleen probeerde te peilen of hij de suggestie geloofwaardig of volkomen belachelijk vond. Ergens hoopte ze op het laatste. Ergens hoopte ze dat hij zou zeggen dat zoiets nog nooit was gebeurd in deze regio en dat hij ervan overtuigd was dat het ook nu niet het geval was. Ze hunkerde naar geruststelling en tegelijkertijd wist ze dat maar één ding haar gerust zou stellen, en dat was Florian veilig en wel in haar armen sluiten.

'Jullie gaan hem zoeken, toch?' vroeg ze, aangezien de agent daar nog steeds niks over had gezegd.

De man knikte. 'Zeker. Na twee uur vermissing gaan we ervan uit dat een kind niet zelf de weg kan terugvinden of dat er een andere reden is dat hij of zij nog niet terug is. Om beter te kunnen zoeken heb ik zoveel mogelijk informatie nodig, daarom vraag ik u alles wat ook maar enigszins van belang zou kunnen zijn te delen. En ik heb de foto's die u net heeft gestuurd in ons landelijke systeem gezet. Alle korpsen in het land weten nu dat uw zoon is vermist, en de korpsen in de regio worden extra alert gemaakt. Zelf gaan wij in de omgeving zoeken.'

'Met hoeveel mensen?' vroeg Carlo. 'Nu is het nog licht, nu kan het gebied worden uitgekamd. Als het straks donker is...' Hij maakte die zin niet af. Heleen wierp een blik op hem. In zijn ogen zag ze haar eigen angst gereflecteerd.

'We pakken het groot aan', verzekerde de rechercheur hem. 'De ervaring is dat de meeste kinderen in de eerste uren van een zoekactie worden teruggevonden.'

Heleen moest op haar tong bijten om niet uit te roepen dat ze dan wel wat eerder hadden mogen beginnen. Ze vond het onbegrijpelijk dat de politie twee kostbare uren verspilde met wachten, ze wist dat juist de eerste uren van groot belang waren.

'We zullen het gebied rond uw huis te voet uitkammen', legde de agent uit. 'Dat doen we in een straal van ongeveer vijf kilometer. Ik ga een team formeren van zo'n twintig agenten, van dit korps en korpsen uit de regio. Ook ga ik zo meteen mijn collega's in Siena vragen twee speurhonden met hun geleiders te sturen. De honden zijn speciaal opgeleid om geursporen te volgen. We hebben iets nodig dat de geur van uw zoontje heeft. Een kledingstuk dat hij vandaag heeft gedragen, een paar schoenen...'

'Dat ligt thuis', zei Heleen snel.

'We komen ook naar uw huis toe, vanaf daar beginnen we onze zoektocht. Ik heb ongeveer een halfuur nodig om het team bij elkaar te roepen en naar u toe te komen. Het beste is als u vast naar huis gaat en daar blijft, voor het geval uw zoontje op eigen kracht de weg terug kan vinden.'

'Ik ga helpen zoeken', zei Carlo vastbesloten. 'We hoeven niet met z'n tweeën thuis te blijven.'

De agent stond op en pakte het papier waarop hij aantekeningen had gemaakt. Dat zag er niet erg georganiseerd uit, maar toch begon Heleen iets meer vertrouwen in de politie te krijgen. De zoekactie klonk in elk geval professioneel.

9

Heleen keek toe hoe de agent de ruimte verliet en stond daarna op, gevolgd door Sophia en Carlo. Allerlei gedachten raasden door haar hoofd, vergezeld van evenzoveel emoties. Ze concentreerde zich op één ding. Elk detail kon belangrijk zijn, had de agent gezegd. Ze moest zich dan ook elk detail zien te herinneren.

Geen van drieën zei iets toen ze naar huis reden. Heleen nam in gedachten uur voor uur de dag door. Hun bezoek aan Roberto. Ze waren een paar mensen tegengekomen die ze kenden, voornamelijk via de school van de kinderen. Ze hadden gedag gezegd en vriendelijk geknikt, meer niet. Hoe ze ook haar best deed, daar was niks vreemds in te ontdekken. Ook bij Roberto was alles precies zoals anders geweest. Even dacht ze aan Isabella, die ze in gezelschap van de onbekende jongen op het dorpsplein hadden gezien. Was het vreemd dat ze niet had gezegd dat ze in deze omgeving blijkbaar iemand kende? Heleen liet die gedachte even rondgaan, maar schudde toen haar hoofd. Ze had een paar keer een praatje met de vrouw gemaakt, maar Isabella was erg gesloten geweest. Zo raar was het dus niet dat ze Heleen dat niet had verteld.

Ze ging verder. Ze waren naar huis gereden en de kinderen wilden zwemmen. Daar was ook niks vreemds aan geweest. Florian was gewoon zichzelf geweest: druk, vrolijk en aanwezig.

Nog één keer pijnigde ze haar hersenen, maar nee, er was geen enkel detail dat opviel. Gefrustreerd beet ze op haar lip. Al was er maar één klein dingetje, een aanknopingspunt, íéts waarmee de politie verder kon...

Ze blikte opzij naar Carlo en wist dat het hem zo'n beetje hetzelfde moest vergaan als haar. Hij vroeg zich ongetwijfeld dezelfde dingen af, probeerde zich ook dat ene detail te herinneren dat er simpelweg niet was. Hij keek voor zich uit met een mengeling van angst en verbetenheid op zijn gezicht. Heleen stak haar hand uit en raakte even zijn been aan. Carlo leek ervan te schrikken en keek met een ruk opzij. Hun blikken ontmoetten elkaar, maar geen van beiden zei iets.

'Ik ga bij de casa kijken', zei Heleen zodra Carlo de auto had geparkeerd. Ze durfde al niet eens meer te hopen dat Florian terug was gekomen, maar ze moest het zeker weten. Carlo knikte en liep samen met Sophia naar het huis.

Heleen nam het pad richting de casa. Al van een afstandje hoorde ze vrolijke stemmen en het gespatter van water. Even veerde haar hart op, maar meteen realiseerde ze zich dat het hun vanmiddag gearriveerde gasten waren. Ze keek op haar horloge. Nog een halfuur voordat de andere gasten zou arriveren. Ze had geen moment meer aan hen gedacht.

Ze moest haar gasten uitleggen wat er aan de hand was en dat hier zo meteen een politiemacht zou staan, maar op een of andere manier aarzelde ze. Alsof het dan nog echter zou zijn. Wat nergens op sloeg, want echter dan dit werd het niet. Heleen haalde diep adem en vermande zich. Ze liep richting het zwembad, waar ze vrolijk werd begroet.

'Zo'n verfrissende duik hadden we wel verdiend', zei de vrouw van het echtpaar, die op Heleen af kwam lopen. Achter haar sprongen twee kleinzoontjes met veel kabaal in het water. Ze waren van Florians leeftijd, zag Heleen. Ze beet op haar lip. Een gebaar dat de vrouw verkeerd interpreteerde, want enigszins geschrokken zei ze: 'Sorry, maken ze te veel herrie? Ik kan me voorstellen dat...'

'Nee, nee.' Heleen schudde haar hoofd, keek naar de grond en hief toen haar gezicht weer. 'Nee, laat ze maar lekker. Het is alleen...'

De vrouw hield haar hoofd schuin. 'Wat?'

Heleen wist niet goed hoe ze het moest zeggen. 'Er komt zo meteen politie', begon ze. 'Dus daar eh... moeten jullie dan niet van schrikken.'

'Politie? Is er iets gebeurd?'

'Ja, onze zoon, hij is eh...' Ze had moeite het woord uit te spreken. 'We weten niet waar hij is.'

'Ach, jeetje.' De vrouw sloeg haar hand voor haar mond. 'Wat naar. Hoe oud is hij?'

'Zeven. Hij was vanmiddag aan het zwemmen en ineens was hij weg. We hebben hem overal gezocht, maar...' Ze schudde haar hoofd. 'De politie komt zo hiernaartoe.'

'Jeetje', herhaalde de vrouw. 'Wat naar. Kunnen wij iets doen? Helpen zoeken?'

Heleen voelde tranen opkomen bij het lieve gebaar, die ze driftig wegknipperde. 'Dat is lief aangeboden. Maar de politie...' Ze maakte een vaag handgebaar naar de heuvels achter de casa. 'Ze gaan met een speciaal team zoeken. En met honden.'

De vrouw raakte even haar arm aan en kneep er bemoedigend in. 'Ik weet zeker dat ze hem snel vinden. De politie kan zo veel. Misschien is hij alleen maar verdwaald.'

Heleen knikte bij de bemoedigende woorden, terwijl ze eigenlijk wilde uitschreeuwen dat Florian helemaal niet verdwaald was. Maar ze zei: 'Ja, laten we dat maar hopen. Alle agenten van dit korps en alle korpsen in de regio kijken naar hem uit.'

Ze keek toe hoe de vrouw terugliep naar haar familie en haar kleinkinderen tot stilte maande. Daarna liep ze naar de receptieruimte, waar ze besluiteloos ging zitten. Meteen veerde ze weer op en begon heen en weer te lopen, alsof dat haar malende gedachten tot rust zou brengen. Ze keek op toen ze een beweging in de deuropening zag. Het was Carlo.

'Hé', zei ze. Hij knikte, maar gaf geen antwoord. 'Waar is Sophia?'

'In de tuin.'

Heleen bestudeerde zijn gezicht. Naast bezorgdheid was er nog iets, wat ze niet goed kon duiden. 'Wat is er?'

Hij kwam dichterbij, pakte haar arm en liet die toen weer los. Besluiteloos stond hij tegenover haar. 'Ik moet je iets vertellen.'

Een vreemd gevoel bekroop Heleen. Ze keek haar man aan. 'Wat is er dan?'

Carlo haalde diep adem, deed zijn mond open, maar liet de lucht toen weer ontsnappen. 'Er is iets wat je niet weet.'

Heleen haakte haar blik in de zijne. Ze durfde bijna geen adem te halen. Even stonden ze allebei onbeweeglijk, toen draaide Carlo zijn gezicht, alsof hij haar niet wilde aankijken terwijl hij het vertelde. 'Het gaat over die Isabella', zei hij met een stem die vreemd klonk.

Heleens hersenen werkten op topsnelheid. 'Isabella? Je bedoelt die vrouw die hier een paar dagen is geweest?' Ze was op van alles voorbereid, maar niet hierop. 'Wat heeft zij ermee te maken?'

'Ze heet geen Isabella, maar Adriana. En ik denk dat ze hier voor mij is.'

'Waar heb je het in vredesnaam over?'

'Laten we even gaan zitten.'

'Zitten?' Heleen hoorde haar eigen stem omhoog schieten. 'Ik wil helemaal niet zitten. Ik wil dat je me vertelt wat er aan de hand is.'

Toch volgde ze Carlo, die plaatsnam op de bank in de ruimte. Ze ging naast hem zitten, op het puntje, en keek hem aan terwijl ze koortsachtig probeerde de puzzelstukjes aan elkaar te leggen. 'Wie is Adriana?'

'Toen ik in Italië woonde, had ik een relatie', zei Carlo. 'We waren anderhalf jaar bij elkaar, het ging uit toen ik naar Nederland terugkeerde. Of eigenlijk al iets daarvoor. Die vrouw was Adriana.'

'En jij denkt dat Isabella dezelfde vrouw is?'

Carlo knikte. 'Ik vond haar al iets bekends hebben, maar ik dacht er verder niet zo over na. Het kwam nog niet bij me op dat zij het zou kunnen zijn. Maar toen ik haar vandaag zag...'

Heleen kneep haar ogen samen. 'In het dorp, bedoel je?'

'Ja, samen met die jongen...' Hij haalde diep adem en keek zijn vrouw aan. Daarna gooide hij de woorden zo'n beetje voor haar voeten. 'Ze was zwanger toen ik haar verliet.'

Heleen hapte naar lucht. Ze staarde haar man aan, sloeg haar hand voor haar mond en liet die toen weer zakken. Ze wilde iets zeggen, maar leek simpelweg niet in staat woorden te vormen. Carlo's mond bewoog en ze hoorde geluid, maar haar oren suisden zo hard, dat ze geen woorden opving. Hij stak zijn hand naar haar uit, maar ze trok de hare gealarmeerd weg. Ze kwam overeind, zette een paar passen bij hem vandaan en ging toen in een andere stoel zitten. De ruimte leek om haar heen te draaien.

'Heleen...' Uiteindelijk drongen er weer woorden tot haar door. 'Heleen, je moet begrijpen dat ik...'

'Wat?' Ze keek hem aan, haar stem verstikt, al haar spieren verkrampt. 'Wat moet ik begrijpen? Dat jij een vrouw en een kind hebt achtergelaten en dat het nooit bij je op is gekomen dat met mij te delen?' Een gedachte kwam op, die ze het liefst zo snel mogelijk wilde wegdrukken. Maar ze moest het vragen. 'Was dat hem? Vandaag? In het dorp? Was dat jouw zoon?'

Carlo beet op zijn lip en haalde met een hulpeloos gebaar zijn schouders op. 'Het zou kunnen. Ik heb nooit meer iets van Adriana gehoord. Ik weet niet of het een jongen of een meisje was. En ik weet ook niet...' Hij wendde zijn blik af. 'Ik verdacht haar ervan dat ik niet de enige was. Ze was populair en dat wist ze. Ze speelde met mannen. Ze genoot van de aandacht, daar kickte ze op. Ze kon niet zonder. We hadden er vaak ruzie over. Ik heb haar nooit betrapt, maar... Ik praat niet goed wat ik heb gedaan, maar ik heb het voor mezelf verantwoord met de gedachte dat het kind niet noodzakelijkerwijs van mij hoefde te zijn.'

Heleen kon niet anders dan staren. Ze wist niet wat ze hiermee aan moest.

'Toen ik wegging heb ik gezegd dat als het mijn kind was, ik mijn financiële verantwoordelijkheid zou nemen', ging Carlo verder. 'Ze had mijn nummer, maar ze heeft nooit gebeld. In de loop van de jaren daarna ben ik gaan geloven dat het mijn kind dus niet was. Adriana was dol op geld en op mooie spullen. Ik was ervan overtuigd dat als ze mij financieel kon uitknijpen, ze dat zeker zou hebben gedaan.' Hij wreef over zijn voorhoofd en schudde zijn hoofd. 'Dat ze ook zoiets als haar trots had, dat vergat ik maar even. Maar die had ze. En toen ik ze vandaag samen zag...'

Heleen zat als versteend, op het onwillekeurig beven van haar handen na. Ze legde ze in haar schoot, vouwde ze samen. Over haar rug liep een straaltje ijskoud zweet naar beneden.

'Ik zeg niet dat ik mezelf herkende, maar ineens besefte ik meer dan ooit dat hij wel degelijk mijn kind kan zijn. En dat Adriana... Ik heb haar gekrenkt door weg te gaan. Misschien heeft ze me altijd in de gaten gehouden. Ik ben niet bepaald onzichtbaar geweest. Ik zit op internet, heb profielen, en in de tijd bij de bank had ik veel hits op Google. Misschien heeft ze gezien dat het me goed is gegaan, dat ik getrouwd ben, kinderen heb gekregen. En uiteindelijk naar Italië ben teruggekeerd.' Hij zweeg en slikte voor hij verder ging. 'Ik zou hier nooit aan hebben gedacht als ik die twee vandaag niet samen had gezien. Ineens realiseerde ik me waar ik haar van kende. Ze is ouder geworden, maar ze is het. Onmiskenbaar. En die jongen... Het is te toevallig, Heleen. Hij moet het zijn. Het kind dat ze destijds droeg.'

Heleen likte aan haar lippen, die ineens schraal aanvoelden. 'Dit heeft met Florian te maken.'

De zin klonk niet als een vraag en ze wist zelf niet of ze hem zo bedoelde. Carlo knikte. 'Dat is ook de gedachte die mij niet loslaat.'

'Je moet dit tegen de politie zeggen.'

Opnieuw een knik.

Heleen huiverde. 'Denk je dat zij...'

Carlo schraapte zijn keel. 'Ik weet het niet. Maar ze was trots, altijd al. Je moest met haar geen ruzie krijgen, want dan maakte ze je het liefst kapot. Om die reden brak ze met haar ouders, met haar twee broers. Ik weet niet eens meer wat de aanleiding was. Iets kleins, maar ze voelde zich tekort gedaan. Gekwetst. En dus bande ze hen uit haar leven en zat ze vol wraakgevoelens. Haar broer kreeg een ernstige ziekte. Hij had stamcellen nodig, zijn ouders en andere broer waren geen match. Adriana wilde niet eens overwegen om te laten testen of zij dat wel was. Nog geen drie maanden na zijn smeekbede aan haar overleed hij. Ik heb haar er nooit één traan om zien laten. Ze ging niet eens naar de begrafenis.' Hij liet zijn hoofd in zijn handen hangen. 'Die vrouw is hard, Heleen. En als zij Florian heeft...' Hij keek op toen buiten het geluid van auto's klonk. Meteen veerde hij overeind, Heleen volgde zijn voorbeeld. Met benen die wiebelig aanvoelden, liep ze naar buiten. Zes politieauto's reden het terrein op, aan de dansende stofwolken boven de weg zag ze dat er nog meer aankwamen. Te midden daarvan zag ze één andere auto, een rode. Hun gasten, vermoedelijk.

'Ik check hen wel in', zei Carlo, die de auto ook had gezien. 'En ik leg de situatie uit.'

Heleen schudde wild met haar hoofd. 'Jij gaat naar de politie en je vertelt wat je mij net hebt verteld. Ze moeten naar Isabella, Adriana, of hoe ze ook heet, uitkijken. Ik heb haar gegevens, ik heb zelfs haar adres. Het staat in de computer.'

Carlo keek naar zijn vrouw. 'Ze heeft onder een andere naam ingecheckt. Ik denk dat haar adres... Dat ze alles heeft verzonnen.'

Heleen kon zichzelf wel voor haar kop slaan. Tegelijkertijd wilde ze zo'n beetje het enige aanknopingspunt dat er was, niet zomaar verloren laten gaan. 'Ze kunnen het op z'n minst checken.'

De rechercheur die ze net op het bureau hadden gezien stapte uit de voorste auto en liep op hen af. Heleen twijfelde tussen blijven staan en naar binnen gaan om de gegevens van Adriana op te zoeken. Ze koos voor het eerste.

'Het zwembad ligt aan de achterkant?' vroeg de man.

Carlo knikte. De rechercheur stuurde een aantal van zijn mensen daarheen. Daarna keek hij Carlo en Heleen aan en wilde iets zeggen, maar Heleen was hem voor. 'Mijn man heeft informatie die van belang kan zijn', zei ze. 'Het heeft te maken met een van onze gasten, die hij kent van vroeger.'

De rechercheur trok zijn zware wenkbrauwen op en keek naar Carlo. Die leek het lastig te vinden te beginnen, maar onder de dwingende blik van de politieman, begon hij te vertellen. Heleen liep intussen naar binnen om de adresgegevens te printen die Adriana, die als Isabella was ingecheckt, had opgegeven. Ze keek op toen twee wat oudere mensen de receptieruimte binnenkwamen, duidelijk onder de indruk van de situatie.

Heleen wierp een snelle blik op de lijst die ze vanochtend had geprint. Het leek een eeuwigheid geleden. 'Meneer en mevrouw Stuijvers', zei ze.

'Ja. We zijn...' De vrouw keek naar haar man en daarna achterom naar buiten. 'Wat is er aan de hand? Het ziet er ernstig uit.'

'Onze zoon wordt sinds vanmiddag vermist. De politie is bezig een grote zoekactie op te zetten en...'

Het echtpaar keek haar geschokt aan. 'Dat meent u niet. Wat erg.'

'Ja.' Heleen wist niet wat ze anders moest zeggen en knikte wat. 'De politie gaat met man en macht zoeken.'

'Zullen wij maar op zoek gaan naar een ander onderkomen? Ik kan me voorstellen dat u nu wel iets anders te doen heeft.'

Even kwam Heleen in de verleiding om ja te zeggen, zodat deze mensen zo snel mogelijk weg zouden zijn en zij op zoek kon naar de gegevens. Maar ze schudde haar hoofd. 'Nee, dat is echt niet nodig. De kamer is klaar, u kunt er zo in. Alleen de welkomstmand houdt u van mij tegoed.'

Ze had het gevoel dat ze van een afstandje naar zichzelf keek, zo handelde ze op de automatische piloot. Bij het echtpaar ontwaarde ze enige opluchting, dat ze na hun lange reis in elk geval niet op stel en sprong iets anders hoefden te vinden om de nacht door te brengen. Heleen pakte de sleutel. 'U hebt kamer vijf, op de begane grond. Als u dat gangetje ingaat, komt u er vanzelf.'

De man en vrouw bedankten haar wat bedremmeld en liepen in de richting die ze hun had gewezen. Heleen gaf een tik op de spatiebalk van de computer om die tot leven te wekken. Ze opende het reserveringsprogramma. De traagheid van het systeem was haar al tijden een doorn in het oog, maar nu moest ze haar best doen om niet van pure frustratie de computer door de ruimte te smijten. 'Schiet op, pokkeding', mompelde ze tegen het scherm, waarop een pestend zandlopertje te zien was.

Na wat een eeuwigheid leek, vond Heleen was ze zocht. Adriana had een adres in Taranto opgegeven. Carlo had in de buurt van Napels gewoond, driehonderd kilometer verderop, maar dat zei niks. Ze printte de gegevens van Adriana, griste het blaadje mee en liep naar buiten. Carlo stond nog steeds met de rechercheur te praten, die inmiddels aantekeningen in zijn boekje maakte. Er was een tweede, jongere agent bij komen staan. Heleen overhandigde de rechercheur het blaadje, die er een korte blik op wierp en het daarna in de handen van zijn collega duwde. De andere man liep ermee weg.

'Gaat er meteen iemand naar haar huis?' vroeg Heleen.

De man keek op van zijn aantekeningen. 'We gaan eerst uitzoeken of ze inderdaad op dat adres woont en zo niet, waar ze dan wel ingeschreven staat.'

'En dan gaat er iemand naar haar huis?'

De agent keek haar aan. 'Het enige wat we dan kunnen doen is de plaatselijke politie vragen een kijkje te gaan nemen, en misschien wat vragen te stellen. Maar dat kan alleen als mevrouw daar vrijwillig aan meewerkt. Formeel hebben we natuurlijk helemaal niks. Bovendien, als mevrouw...' Hij raadpleegde zijn aantekeningen. 'Als mevrouw Ranconi daadwerkelijk dezelfde vrouw is die zich hier voor Isabella Traviore heeft uitgegeven, zullen we haar niet op haar adres in Taranto aantreffen, want dan kan ze nog niet thuis zijn.'

Heleen knikte. Ze wist niet precies hoe lang het rijden was, maar een uur of zes, zeven zou de rit zeker duren. Adriana zou misschien net aan halverwege kunnen zijn.

'Dan moeten jullie haar toch ook kunnen vinden? Er hangen van die camera's boven de snelwegen en...'

De agent onderbrak haar met een handgebaar. 'We gaan alle opties bekijken, mevrouw Marino, maar vooralsnog beginnen we hier met het uitkammen van de omgeving. Het verhaal dat uw man net heeft verteld heeft onze aandacht, maar zoals ik al zei: we kunnen mevrouw Ranconi, dan wel mevrouw Traviore, niet meteen aan de vermissing van uw zoon linken. Om maatregelen te kunnen nemen om haar op te sporen, is meer nodig dan uw man ons heeft verteld.'

'Maar ze heeft zichzelf verdacht gemaakt!' wierp Heleen tegen. Ze voelde haar enige concrete aanwijzing tussen haar vingers doorglippen nu de agent niet alles op alles leek te zetten om Adriana te vinden. 'Ze heeft zich hier onder een andere naam ingeschreven...'

'Daarvoor hebben we op dit moment geen bewijs.' De man behield zijn kalmte. 'Als we concrete aanwijzingen hebben die in de richting van mevrouw Ranconi gaan, zullen we meteen gerichte actie ondernemen. Maar op dit moment kunnen we niet anders dan een oriënterend onderzoek naar haar starten.'

Heleen beet op haar lip en zei niets meer. De rechercheur keek om en excuseerde zich toen hij meer auto's zag naderen. Heleen voelde Carlo's hand op haar arm. Als door een wesp gestoken trok ze hem terug. Heel even keek ze hem aan, daarna liep ze weg. Later moesten ze praten. Nu was er maar één ding belangrijk.

10

Heleen staarde naar de heuvels in de verte, die in een oranje licht baadden. Normaal gesproken kon ze genieten van dit uitzicht, nu wakkerde het haar angst aan. Oranje betekende dat de zon steeds verder zakte. Het donker deed langzaam maar onherroepelijk zijn intrede.

Dichterbij zag ze verschillende groepen politieagenten, die meter voor meter het gebied uitkamden. Ze kwamen steeds dichterbij. Het was geen goed teken.

Voor de zoveelste keer keek ze op haar horloge. Iets na half acht. Nog een halfuurtje voordat de zon onder zou zijn. Niet lang daarna zou het echt donker worden en zou de politie stoppen met zoeken. Heleen keek opnieuw op haar klok, alsof ze daarmee de wijzers kon dwingen achteruit te lopen. Ze moesten doorgaan, verder zoeken, nog beter kijken. Meer honden laten komen, een helikopter desnoods.

Ze liet de afgelopen uren door haar gedachten gaan. Al snel was het team van twintig man uitgebreid naar vijfentwintig en daarna dertig. Rechercheur Andrea Lippi, van wie ze inmiddels wisten dat hij zo heette, had de operatie gecoördineerd en waar Heleen eerst nog had getwijfeld of hij de ernst van de situatie wel juist inschatte, had ze langzaam het vertrouwen gekregen dat hij wist wat hij deed. Geen vierkante meter van de vijf kilometer rond hun huis bleef onbekeken. Daarnaast hadden de twee speurhonden uit Siena hun werk gedaan. Nadat ze bij het zwembad aan Florians kleding hadden geroken, waren ze door hun geleiders elk een andere kant op meegenomen. De hond die mee moest naar de voorkant van de casa, had al bij het hek aangegeven geen enkel spoor op te pikken. Zijn geleider had hem nog wat verder meegenomen, maar de hond vond niks. Dat verbaasde Heleen niet. Als Florian via de voorkant weg was gegaan, had ze hem gezien moeten hebben.

De andere hond had zijn neus tegen de grond gezet en was doelbewust naar het hekje gelopen, en daarna de tuin uit. Het had er hoopgevend uit gezien. Zowel de geleider als twee agenten waren met hem mee gelopen en hadden intussen minutieus de weg die de hond koos afgezocht. Maar op de kruising van meerdere paden ter hoogte van het bos, was de hond het spoor kwijtgeraakt. Eerst was hij naar links gelopen, het bos in. Daar liep het spoor na een meter of twintig blijkbaar dood en dus was hij omgekeerd, de andere kant op, verder het dal in. Maar ook daar was de hond na zo'n twintig meter gaan stilstaan en had zijn baas aangekeken. Die had nog geprobeerd hem opnieuw te laten zoeken door weer kleding van Florian onder zijn neus te duwen en het commando te geven, maar de hond had geen nieuw spoor gevonden. De geleiders hadden beide honden vervolgens op andere plekken laten zoeken, dieper het dal in bij de openbare weg, maar ook daar was niks gevonden. Nu stonden beide mannen samen met hun honden op een meter of vijf bij haar vandaan te praten. Ze bleven stand-by, had rechercheur Lippi uitgelegd, voor het geval er op een andere plek gezocht moest worden.

Heleen keek vluchtig om toen ze iemand hoorde naderen. Het was de rechercheur, in gezelschap van Carlo. Ze draaide zich om en liep hen tegemoet. 'Is er nieuws?' vroeg ze hoopvol.

De rechercheur knikte. Heleen voelde haar hart een slag missen. Haar blik haakte in die van Carlo. Ze zag dat hij het ook nog niet wist.

'Collega's van het plaatselijke korps hebben Isabella Traviore gesproken', begon de rechercheur. 'Ze was thuis toen de agenten bij haar aanbelden, wat al betekent dat ze met geen mogelijkheid vanochtend hier kan zijn geweest. De vrouw die bij u heeft overnacht, is dus niet mevrouw Traviore.'

Heleen liet haar adem ontsnappen.

'Mevrouw Traviore heeft nog nooit van Adriana Ranconi gehoord en zou ook niemand anders kennen die op haar naam in een hotel zou verblijven.' De rechercheur keek Carlo aan. 'Op basis van wat u heeft verteld, is het aannemelijk dat de vrouw die hier haar intrek heeft genomen onder de naam Isabella Traviore eigenlijk uw exvriendin is. Waarom ze de naam van mevrouw Traviore heeft gekozen, weet ik niet, maar het ziet ernaar uit dat het een volledig willekeurig gekozen schuilnaam is. Maar wel eentje die, mocht u de namen van uw reserveringen in wat voor systeem dan ook checken, als een bestaand persoon naar boven zou komen.'

Heleen knikte langzaam. Die controle voerde ze niet uit, maar ze wist dat er hoteleigenaars waren die het wel deden om spookreserveringen te voorkomen. Heleen vond het nogal vergezocht. Ook hadden Carlo en zij ervoor gekozen niet om een identiteitsbewijs te vragen bij het inchecken. Veel hotels in binnen- en buitenland deden dat wel, maakten een kopie en bewaarden die in hun administratie. Maar dat was niet verplicht en het kon zelfs tot problemen leiden. Sinds Heleen had gelezen over hotels die door gasten waren aangeklaagd omdat ze onzorgvuldig met persoonsgegevens waren omgegaan, waarna de gasten slachtoffer waren geworden van identiteitsfraude, had ze besloten geen identiteitspapieren te vragen. Dat betekende dat ze haar gasten op hun blauwe ogen moest geloven en moest hopen dat ze hun kamers netjes en vooral compleet achterlieten. Zou er iemand op het idee komen een televisie mee te nemen en zou diegene vervolgens ontkennen ooit in de agriturismo te zijn geweest, dan had ze geen poot om op te staan. Maar dat risico namen ze.

'Dus u gaat mevrouw Ranconi nu intensief opsporen?' zei Carlo, waarmee hij precies verwoordde wat Heleen wilde zeggen.

De rechercheur kneep even zijn ogen samen toen de walkietalkie aan zijn broekband kraakte. Iemand zei iets in het Italiaans, maar het was zo onduidelijk dat Heleen het niet kon verstaan. Ze keek strak naar het gezicht van de rechercheur, die naar het apparaat reikte en het volume zachter draaide. Daarna keek hij Carlo en Heleen beurtelings aan. 'Je voordoen onder een andere naam is op zichzelf strafbaar, maar niet in die mate dat we een nu een arrestatiebevel voor mevrouw Ranconi doen uitgaan. Wel zijn we naar haar op zoek. We hebben een adres van haar in Nola, maar de agent die daarnaartoe is gegaan, trof niemand thuis.'

'Natuurlijk niet', zei Heleen. 'Ze is nog onderweg.'

Carlo schudde zijn hoofd. 'Ze zou thuis kunnen zijn. Nola ligt zo'n dertig kilometer van Napels en Napels is ongeveer vierenhalf uur rijden.'

'Ze is hoe dan ook niet thuis aangetroffen', zei de rechercheur. 'Maar ook dat is, zoals u zult begrijpen, geen misdrijf. Het klopt overigens dat ze een zoon heeft van zestien jaar, dus dat zou de jonge man kunnen zijn die u in het dorp heeft gezien.'

Heleen beet haar kiezen op elkaar en duwde haar kin naar voren. Ze voelde Carlo's blik op zich gericht en verstarde. De rechercheur leek de spanning tussen hen op te merken, maar zei niets.

'Er zal vandaag nog een aantal keer iemand bij mevrouw Ranconi aanbellen', zei hij. 'Op dit moment kunnen we niet meer doen.'

Heleen keek naar de lucht. 'Gaan jullie door met zoeken in het donker?' vroeg ze tegen beter weten in. 'Er kunnen toch lampen komen? Zaklantaarns? Nog meer speurhonden?'

De rechercheur schudde zijn hoofd en keek spijtig. 'Hoe graag we dat ook zouden willen, het heeft gewoon geen zin. We hebben de directe omgeving twee keer helemaal uitgekamd. We zullen in het donker echt niet vinden wat we in het licht niet hebben gezien.'

'Maar de helikopter kan toch met warmtecamera's zoeken?' vroeg Heleen. Ze voelde de wanhoop als een golf over haar heen spoelen. 'Ik heb daar een programma over gezien op tv. Het is een speciale camera, die...'

'De bemanning van onze helikopter heeft die gebruikt tijdens de zoektocht', onderbrak Lippi haar. 'Maar ook dat heeft niks opgeleverd. We moeten ervan uitgaan dat uw zoon zich niet meer in de omgeving van uw huis bevindt.'

'Breid het zoekgebied dan uit', zei Carlo. 'Waarom vijf kilometer? Waarom geen tien, of twintig?'

Aan het gezicht van de rechercheur was te zien dat hij vaker in deze situatie had gezeten. 'Het is de standaardprocedure dat vijf kilometer rondom de plek van verdwijning intensief wordt gezocht', zei hij met iets formeels in zijn stem. 'De ervaring leert ons dat vermiste kinderen vaak binnen die straal worden teruggevonden. Zo niet, dan is er meestal iets anders aan de hand dan simpelweg weglopen of verdwalen.'

'Dat hebben we al meteen gezegd', zei Heleen met een hoge stem.

De rechercheur knikte, maar gaf geen antwoord. In plaats daarvan draaide hij het volume op zijn walktietalkie weer harder, om op te kunnen vangen waarover nogal druk werd gepraat. Wat Heleen ervan begreep was dat de helikopter om brandstof verlegen zat en terug moest naar de basis. De rechercheur pakte het zwarte apparaatje, drukte een knop aan de zijkant in en blafte een kort bevel. Daarna liet hij zijn hand zakken en richtte zijn aandacht weer op Carlo en Heleen.

'Als het donker wordt, zullen alle agenten hier terugkeren en zal de zoekactie worden beëindigd', legde hij uit. 'Dat betekent echter niet dat we niks meer doen. Alle korpsen blijven alert en zelf zullen wij vanavond en vannacht extra surveillancewagens de straat op sturen. Op die manier wordt er intensief naar hem uitgekeken. De politie in Nola is geïnformeerd over de informatie met betrekking tot mevrouw Ranconi en zal niet alleen proberen met haar in contact te komen, ook hebben alle agenten inmiddels de foto van uw zoon gezien. In die regio zal ook extra worden opgelet.'

Hij hief de walkietalkie weer en maakte een verontschuldigend gebaar naar Carlo en Heleen terwijl hij wegliep.

Heleen keek haar man aan. 'Ze moeten meer doen. Naar hem uitkijken is niet genoeg. Als zij hem heeft meegenomen...'

'Ik heb alles geprobeerd om dat duidelijk te maken, maar ze volgen alleen maar hun standaardprocedure', antwoordde Carlo.

'We moeten zelf iets doen.' Ze dacht razendsnel na. Carlo had al geprobeerd te bellen naar het mobiele nummer dat Adriana bij de reservering had opgegeven, maar dat schakelde rechtstreeks door naar een voicemailbox. Waarschijnlijk was het nummer gekoppeld aan een prepaid telefoontje dat inmiddels ergens in een vuilnisbak lag. 'We moeten naar Nola gaan, naar haar huis. Als ze Florian daar heeft...'

'Als ze Florian heeft, is haar huis wel de laatste plek waar ze naartoe gaat.'

'Bedenk dan wat!' viel Heleen uit. 'Jij kent haar. Waar zou ze dan heen gaan?'

Carlo sloot zijn ogen en schudde zijn hoofd. 'Ik weet het niet', antwoordde hij wanhopig. 'Ik heb haar zestien jaar lang niet gezien. Ik weet niet wat ze doet, met wie ze omgaat, wat ze wil.'

'Het is toch duidelijk wat ze wil. Wraak.'

'Maar ik weet niet op welke manier. Wil ze mijn kind iets aandoen, omdat ik niet voor dat van haar heb gezorgd? Wil ze geld?'

Heleen maande hem met een handgebaar tot zwijgen. Ze werd gek van de woorden die hij de wereld in gooide. Vragen die ze zelf ook wel kon verzinnen. Geen antwoorden.

Ze keek Carlo aan en wilde iets zeggen, maar toen ze haar mond open deed kwamen er geen woorden. Uiteindelijk sloot ze haar mond weer, draaide zich om en liep weg terwijl de allerlaatste zonnestralen van de dag hun oranje gloed over de tuin verspreidden.

Heleen zag dat haar hand trilde toen ze die om haar beker vouwde. Ze nam een voorzichtig slokje van haar thee en brandde haar lip, maar dat voelde ze amper. Het was stil in de keuken, op het tikken van de klok na. Ze probeerde het geluid uit te bannen, maar het leek steeds harder te gaan klinken. Ze keek naar Carlo, die tegenover haar zat en zijn zoveelste espresso achterover sloeg. De afgelopen twee uur hadden ze besteed aan plannen maken om zelf op pad te gaan en Florian te gaan zoeken, maar elke keer moesten ze weer vaststellen dat ze nu, in het donker, niet ver zouden komen. En Carlo had gelijk als hij zei dat het geen zin had om naar Nola te rijden. Ze zouden Adriana niet thuis treffen. Een halfuur geleden had rechercheur Lippi nog gebeld om door te geven dat de vrouw nog altijd niet thuis was. Haar auto stond ook niet in de buurt. Heleen had hem nogmaals gevraagd waarom er niet intensief naar de wagen werd gezocht, maar volgens de rechercheur was ook dat alleen mogelijk als er daadwerkelijk een opsporingsbevel voor Adriana gold.

Heleen blies in haar thee en keek naar haar mobiele telefoon toen het schermpje oplichtte. Het was een bericht van de buurvrouw, die zich een paar uur geleden bij de casa had gemeld met de vraag of ze iets kon doen om haar buren te helpen. Heleen had haar gevraagd Sophia mee te nemen en haar geen seconde uit het oog te verliezen. Nu zat haar dochter bij de buurvrouw aan de keukentafel en maakte een tekening, las Heleen in het sms'je. Het liefst wilde ze Sophia bij zich hebben, maar toch stuurde ze terug of Sophia ook kon blijven slapen. Misschien moesten ze vannacht op stel en sprong ergens heen.

Een tweede sms kwam binnen, deze keer van haar moeder. Heleen had haar aan het begin van de avond gebeld, net als de ouders van Carlo. Die laatste hadden aangekondigd meteen in de auto te stappen, maar daar had Heleen hen van weten te weerhouden. Op dit moment wilde ze uitsluitend mensen om zich heen die iets konden bijdragen aan de zoektocht. Carlo's ouders zouden hen alleen opzadelen met hun eigen bezorgdheid en angst en beide kon Heleen er nu niet bij hebben.

Het schoot door haar hoofd hoe bizar het eigenlijk was dat haar gedachten zo helder waren. Nooit had ze nagedacht over wat ze in een dergelijke situatie wel en niet zou willen, maar ineens had ze een mening over van alles en nog wat.

Ze stuurde een bericht terug naar haar moeder en legde haar telefoon weer aan de kant. Opnieuw probeerde ze haar thee. Die was nu wat afgekoeld. Het gesprek dat ze met Carlo moest voeren hing zwaar tussen hen in. Ze wilde het niet, niet nu. En tegelijkertijd kon het verheldering brengen. Misschien zelfs een aanknopingspunt, informatie over Adriana die hen verder zou brengen.

'Je had het me moeten vertellen', verbrak ze de stilte. 'Dat je dit kon verzwijgen is...' Ze zocht naar het juiste woord, maar kon het niet vinden.

Carlo vermeed haar blik. 'Je hebt gelijk.'

'Was je van plan het ooit te gaan vertellen?'

Nu keek hij haar wel aan. 'Dat weet ik niet. Het is niet zo dat ik elke dag aan haar dacht. Sterker nog, ze is jarenlang niet in mijn gedachten geweest. En ook de afgelopen dagen niet. Toen ik vond dat die vrouw, die Isabella, iets bekends had, dacht ik ook niet aan Adriana. Pas toen ik haar in het dorp zag, met die jongen...'

'Ik heb hem niet goed bekeken. Herkende je jezelf?'

'Nee.' Carlo schudde zijn hoofd. 'Dat was het niet. Het was gewoon het plaatje. Zij, en hem, en ineens dacht ik: ze moet het zijn. Het schoot door mijn hoofd en toen daarna Florian verdween...' Hij staarde naar zijn ineengeslagen handen. 'Eerst leek het me vergezocht, maar hoe langer het duurde, hoe meer ik het gevoel kreeg dat dat de richting was waarin we moesten zoeken. En inmiddels weet ik het zeker. Er zijn te veel toevalligheden.'

'Maar waar was die jongen dan al die dagen?' vroeg Heleen peinzend. 'Thuis?'

'Alleen al het feit dat ze hem niet bij zich had toen ze hier was, en wel in het dorp, betekent al dat er iets niet klopt.'

'Zou ze dit al die tijd van plan zijn geweest?' Heleen huiverde. Het idee dat Isabella met zulke ogen naar Florian had gekeken, al die dagen had geweten wat ze hem aan zou doen, maakte haar letterlijk misselijk. Tegelijkertijd zocht ze naar aanwijzingen die ze gemist zou kunnen hebben. Er was haar niks opgevallen aan Isabella, hooguit dat ze wat afstandelijk was.

Carlo beantwoordde haar retorische vraag niet. Het was weer stil tussen hen. Net toen Carlo zijn mond opendeed om iets te zeggen, klonk het snerpende geluid van zijn ringtone. Hij greep zijn telefoon en keek op het schermpje. Heleen hield haar adem in. 'De politie?'

'Anoniem.' Carlo nam op en zei zijn naam. Heleen staarde strak naar zijn gezicht, speurend naar een aanwijzing wie het was. Aan de andere kant van de lijn klonk een stem. Heleen hoorde het geluid, maar kon geen woorden opvangen.

Carlo hapte naar adem. Allerlei emoties trokken over zijn gezicht. Heleen weerstond de neiging de telefoon uit zijn handen te rukken.

‘Adriana’, bracht Carlo uiteindelijk uit.

Heleen sloeg een hand voor haar gezicht en hield haar adem in. Carlo sloot heel even zijn ogen. Zweetdruppels verschenen op zijn voorhoofd. Heleen gebaarde dat hij de telefoon op de luidspreker moest zetten. Even leek hij niet te reageren, toen deed hij wat ze hem opdroeg.

De stem van de vrouw klonk krakend en vervormd, alsof er iets tussen haar mond en de microfoon van de telefoon zat. ‘Ik heb hem, Carlo’, zei ze. ‘Je zoon.’ Ze sprak het laatste woord uit alsof het besmet was. ‘De zoon die er wel mocht komen.’

‘Adriana...’ Carlo’s stem klonk raar hoog. Zijn blik schoot heen en weer tussen Heleen en de telefoon. ‘Geef hem terug. We doen alles wat je wil, maar geef Florian terug. Dit hoeft niet zo te gaan. Dit is...’

‘Stil’, gebood de vrouw hem. ‘Ik bepaal hoe dit gaat, niet jij.’

‘Zeg ons dan wat je wil’, zei Carlo smekend. ‘Doe hem niks aan. Alsjeblieft, doe hem...’

‘Papa!’

Heleen sloeg beide handen voor haar gezicht en slaakte een kreet. ‘Florian!’

‘Mama!’ De angst in zijn stemmetje sneed dwars door haar hart. Ze voelde de thee die ze net had gedronken omhoog komen en slikte om de misselijkheid de baas te worden.

‘Lieverd, we zijn... Je moet...’ Ze wilde haar zoon moed inspreken, vertellen dat hij moest volhouden, maar ze struikelde over haar woorden.

‘Help, mama.’

Hij begon te huilen, maar het geluid klonk ineens verder weg en gedempt. Het volgende moment was Adriana weer aan de lijn. Haar stem was koud. 'Honderdduizend euro. Geen politie.'

Het eerste moment dacht Heleen dat ze het niet goed had verstaan. Ze keek naar Carlo. Op zijn gezicht was verwarring te zien. 'Wat?'

'Honderdduizend euro. In contanten. Als er politie is, zie je Florian nooit meer terug.'

'Maar de politie...'

'Ik weet dat ze aan het zoeken zijn.' Adriana lachte even, hard en ijskoud. 'Laat ze maar zoeken. Ze vinden hem toch niet. Morgenochtend neem ik contact op. Honderdduizend euro, zorg dat je het hebt.'

'Maar...'

'Als je de politie over dit gesprek vertelt, zal ik het meteen weten, Carlo. Je houdt je mond. Tegen de politie, tegen je familie, tegen iedereen. Als dit uitkomt, ben je je kind kwijt. Dan is het over en uit.'

Die laatste woorden zonden een nieuwe huivering over Heleens rug. Het volgende moment werd de verbinding gebroken. Pas toen ze naar haar natte handen keek, merkte Heleen dat de tranen over haar wangen liepen. Ze sprong overeind en begon door de keuken te ijsberen. Een paar keer vloekte ze hardop. Daarna draaide ze zich met een ruk om en keek naar Carlo. 'Honderdduizend euro? Dat kan niet. We kunnen dat nooit morgen...'

Carlo sloeg met zijn vlakke hand op tafel. Daarna kwam hij ook overeind. 'Ze kan dat niet van ons verwachten. Ze weet dat we dat niet kunnen regelen.'

'We hebben het niet', zei Heleen paniekerig. Ze wist niet eens precies hoeveel geld er op hun rekening stond, maar zeker geen ton. Cijfers dansten voor haar ogen en in haar hoofd weerklonk alleen het bange stemmetje van haar zoon.

'We moeten het vrijmaken uit het bedrijf', zei Carlo. Zijn stem klonk rustiger, zakelijker. Alsof de bankier in hem naar boven kwam. 'We hebben zelf geld op onze rekening, dat we vrij kunnen opnemen. Wat we opzij hebben gezet voor de wintermaanden. Twintigduizend, hooguit.' Hij leek meer tegen zichzelf te praten dan tegen Heleen. 'Het geld uit de casa kunnen we overhevelen naar die rekening. Dan zitten we op zestig. Zeventig, misschien.'

'En de hypotheek?' deed Heleen een wilde gok. 'Daar zit toch ook geld in. We hebben een hogere hypotheek dan het bedrag dat we voor de casa hebben betaald. Voor de verbouwing. Jij zei laatst dat daar ook nog wat van over is. Dat we dat nodig hebben voor onvoorziene uitgaven dit seizoen.'

Carlo schudde zijn hoofd. 'We kunnen dat niet zelf uit de hypotheek halen, dat kan alleen via de bank en als we daarvoor een geldige reden hebben.'

'Dan verzinnen we wat!' Heleen gooide haar armen in de lucht. 'We zeggen dat we lekkage hebben of dat het dak gerepareerd moet worden en dat we het geld zo snel mogelijk nodig hebben.'

'Dat gaat niet binnen een dag, daarmee wekken we te veel argwaan.'

'Nou en? Als we het geld maar krijgen, wat er daarna gebeurt interesseert me niet.'

Carlo schudde zijn hoofd. 'Als ze bij de bank argwanend worden, zullen we het geld hoe dan ook niet krijgen. Dan zullen ze eerst een onderzoek beginnen. Binnen een uur zijn ze erachter wat er aan de hand is met Florian en dan zullen ze meteen overleg hebben met de politie. In dat geval gebeurt er precies wat Adriana niet wil: de politie raakt betrokken bij het losgeld.'

Heleen kromp ineen bij het horen van dat woord. Het hoorde thuis in films en misdaadseries, of in het boek dat ze ooit had gelezen over de ontvoering van Alfred Heineken. Het hoorde niet thuis in hun eigen keuken, en bij hun eigen zoon.

Heel even schoot de gedachte door haar heen om de eis te negeren en toch de politie in te seinen. Adriana en haar zoon handelden met z'n tweeën, de politie had de beschikking over allerlei moderne technologische middelen. Als Adriana belde, moest de politie kunnen uitvinden waar het telefoontje vandaan kwam. Ze konden haar traceren, al voor de overdracht van het geld.

Ze schudde haar hoofd bij haar eigen gedachten. Het risico waaraan ze Florian blootstelden was te groot. Wat als Adriana niet alleen haar zoon, maar nog veel meer mensen achter zich had die haar hielpen? Of zelfs binnen de politie contacten had? Heleen kende de verhalen over de Italiaanse politie, de lekken, de corruptie, het vele contante geld dat ambtelijke molens ineens een stuk sneller deed malen. Ze wist niet wat ervan klopte, maar ze wist wel dat Adriana geraffineerd genoeg was om er gebruik van te maken. Ze bepaalde de regels. Ze had hen volledig in haar macht.

Heleen slikte en onderdrukte een nieuwe golf van tranen. Die zouden hen nu niet verder helpen. In plaats daarvan vermande ze zich en vroeg: 'Hoeveel kunnen we morgen hebben?'

Carlo ging weer aan de keukentafel zitten en pakte zijn telefoon. Vanuit haar ooghoek zag Heleen dat hij de app van de bank opende. Hij pakte een potlood en krabbelde iets op een blaadje. Daarna tikte hij wat dingen aan op het schermpje en maakte nog meer aantekeningen.

'Zeventigduizend.' Hij keek Heleen aan. 'Dat is het maximum dat we morgen kunnen hebben. En dan moeten we het bij verschillende banken opnemen.'

Ze voelde haar hart in haar keel hameren. 'Dat is niet genoeg.'

'Er is niet meer. Niet binnen één dag. We kunnen geld lenen, uit de hypotheek halen, weet ik wat allemaal, maar daar hebben we meer tijd voor nodig. Minimaal vijf dagen, waarschijnlijk langer.'

'We moeten je ouders vragen, en mijn ouders. Die laatste dertigduizend moeten we bij elkaar kunnen brengen.'

Carlo schudde zijn hoofd. 'Je hebt Adriana gehoord. We kunnen dit met niemand bespreken.'

'We kunnen ze vertellen wat Adriana heeft gezegd. Dat ze er met niemand over mogen praten, en al helemaal niet met de politie.'

Carlo keek haar aan, de tweestrijd was van zijn gezicht af te lezen. 'Het is een risico dat we niet kunnen lopen. Ook al zeggen onze ouders niks, ik weet niet...' Hij maakte een hulpeloos gebaar met zijn arm. 'Adriana is tot alles in staat. Wie weet luistert ze mijn telefoon af, of ons allebei, of heeft ze hier in de keuken...' Hij maakte zijn zin niet af. 'Ik weet dat het vergezocht is, maar we moeten overal rekening mee houden. Ze kan hier in huis zijn geweest en weet-ik-wat hebben gedaan. Misschien kan ze ons nu wel horen.'

Heleen staarde hem aan. Die optie was nog niet eens bij haar opgekomen. In een andere situatie en op een ander moment zou ze serieus aan Carlo's geestelijke gezondheid hebben getwijfeld, maar wat hij zei, klonk haar nu niet eens zo vreemd in de oren. Iemand die er geen been in zag een zevenjarig, onschuldig jongetje te ontvoeren, was tot heel veel meer in staat.

'Adriana bepaalt wat er gebeurt', zei Carlo met een zekere verslagenheid in zijn stem. 'Wij kunnen alleen maar doen wat zij ons opdraagt. En als dat betekent dat we er met niemand over mogen praten, dan praten we er met niemand over. Morgen, als ze belt, zal ik zeggen dat we zeventigduizend euro aan haar kunnen geven. En binnen een paar dagen de rest. En dan moeten we hopen...' Hij sloeg zijn handen weer ineen en verstrengelde zijn vingers. Heleen zag dat hij zocht naar iets om te zeggen. Misschien iets geruststellends, maar er kwamen geen woorden. Ze liep op hem af en ging achter hem staan. Daarna legde ze haar handen op zijn schouders. Meteen pakte hij haar polsen, alsof hij zich eraan vastklampte. Haar gevoelens raasden nog steeds alle kanten op, maar boven alles had ze nu behoefte aan steun. Later, later zouden ze moeilijke gesprekken moeten voeren, feiten onder ogen moeten zien, misschien wel conclusies moeten trekken. Nu moesten ze elkaar vinden, steunen, als reddingsboeien in immens hoge golven. Alleen samen konden ze het redden. Roerloos bleef ze staan.

Heleen staarde als gehypnotiseerd naar de telefoon die tussen Carlo en haar in op tafel lag. Het digitale klokje op het scherm versprong naar 11:52 uur. Morgenochtend, had Adriana gezegd. De ochtend duurde nog precies acht minuten.

'Ze belt toch wel?' Haar stem klonk schor, merkte ze. Waarschijnlijk door het slaapgebrek. Natuurlijk hadden ze vannacht allebei geen oog dicht gedaan. Ze hadden niet eens de moeite genomen naar bed te gaan en te proberen te slapen. Ergens rond middernacht was Heleen van thee overgestapt op dezelfde sterke espresso's die Carlo dronk met als gevolg dat ze zich nu op een rare manier doodmoe en klaarwakker tegelijk voelde. Haar lijf schreeuwde om rust, maar de cocktail van cafeïne en adrenaline die door haar aderen pompte, maakte dat haar ogen wijdopen stonden en ze alert was op elk geluidje dat ze hoorde.

Het tikken van de klok leek in de loop van de nacht nog veel harder te zijn geworden. Heleen had zichzelf in bedwang moeten houden om het ding niet van de muur te rukken en door de ruimte te smijten. Het geluid klonk nu als kanonschoten door de verder stille keuken.

Een uur geleden was rechercheur Lippi vertrokken. Heleen was blij dat hij langskwam en hen van het verdere verloop van de zoekactie op de hoogte stelde, maar tegelijkertijd had ze gehoopt dat hij snel weer weg zou gaan. Carlo had zijn telefoon geen seconde losgelaten. Eén keer was het ding gegaan. Carlo was als door een wesp gestoken opgeveerd en had in de bijkeuken op gedempte toon een gesprek gevoerd. Toen hij een paar minuten later terugkwam in de keuken, zag Heleen meteen aan zijn gezicht dat het Adriana niet was geweest. Inmiddels was het hele dorp op de hoogte van de vermissing en de ene na de andere bekende belde om steun te betuigen en hulp aan te bieden. Heleen was blij dat Lippi had gezegd dat het inschakelen van burgerhulptroepen op dit moment niet zo zinvol was. Dat gaf haar een excuus om al die goedbedoelende mensen af te wimpelen.

De politie zou vandaag met een kleiner team verder zoeken, had Lippi hun verder gemeld. Er zou geen helikopter komen en ook werd er niet langer met honden gezocht, tenzij de resultaten van de zoekactie reden zouden zijn die opnieuw op te schalen. Aan zijn stem was te horen dat hij daar vooralsnog niet van uitging.

Heleen had alleen maar geknikt en zijn verhaal aangehoord en datzelfde gold voor Carlo. Een paar keer had ze letterlijk op haar tong moeten bijten om niet de waarheid op tafel te gooien. Ergens in haar hoofd zat nog steeds de gedachte dat de politie met al haar mogelijkheden Adriana moest kunnen opsporen aan de hand van het telefoontje dat ze konden verwachten. Het voelde verkeerd om niks tegen de politie te zeggen, alsof ze daarmee een enorme mogelijkheid om Florian terug te krijgen verspeelden, maar haar ratio had haar emoties onder controle weten te houden.

'Nog zes minuten', zei ze zacht, toen het klokje opnieuw versprong. Ze keek Carlo aan. Zijn ogen waren roodomrand en bloeddoorlopen, net als die van haar waarschijnlijk. 'Ze zal toch wel bellen?'

'Natuurlijk', zei hij, maar het woord miste overtuiging.

Net op dat moment ging de telefoon. Heleen voelde haar hart in haar keel schieten. Ze keek naar de naam in het scherm. Anoniem. Carlo's hand beefde toen hij opnam. 'Hallo?'

Aan de blik in zijn ogen zag Heleen dat het Adriana was. Meteen zette Carlo de telefoon op de luidspreker. Opnieuw klonk de rare, vervormde stem, die ergens toch nog leek op die van de vrouw die een paar dagen bij hen was geweest. 'Heb je het geld?'

In de lange, donkere uren van de nacht hadden ze besproken wat ze op deze vraag moesten antwoorden. Ze waren expres buiten gaan staan om dit te bespreken, omdat Heleen er niet helemaal op durfde te vertrouwen dat ze in hun eigen keuken vertrouwelijk konden praten. Misschien was dat overdreven, maar het besef dat ze maar één kans kregen, hamerde maar door in haar hoofd. Eén foutje en het was voorbij.

Ze hadden van mening verschild over het juiste antwoord op de vraag die Adriana ongetwijfeld zou stellen. Carlo had eerlijk willen zijn, willen uitleggen dat ze geen honderdduizend euro hadden, maar minder. Hij had de hoop dat Adriana zeventigduizend genoeg geld zou vinden en zelf zou inzien dat ook voor haar de risico's groter werden als ze dagenlang moest wachten tot de laatste dertigduizend bijeen was. Er bestond natuurlijk een kans dat ze inderdaad genoegen zou nemen met dit bedrag, maar Heleen was juist de mening toegedaan dat dat eerder zou gebeuren als ze er ter plekke mee werd geconfronteerd dan vooraf, aan de telefoon. Adriana zou het als een teken van opstand beschouwen als Heleen en Carlo niet aan haar eisen konden voldoen. Heleen was bang dat ze zou denken dat ze dan ook haar andere eisen niet inwilligden en dat ze stiekem toch contact met de politie hadden. Als Adriana het contact vervolgens verbrak, zouden ze Florian misschien wel nooit meer terugzien. Ze moesten koste wat het kost met haar in contact blijven en zorgen dat er een plek en een tijd werden afgesproken waarop het geld werd overgedragen.

Uiteindelijk had ze Carlo ervan kunnen overtuigen dat haar oplossing beter was en nu de vraag die ze hadden verwacht krakerig uit de luidspreker van de telefoon klonk, zei Carlo zonder aarzelen: ‘Het is bijeen.’

Dat leek Adriana een beetje te verrassen. ‘Mooi’, zei ze goedkeurend. ‘Ik wist wel dat je het zou begrijpen, Carlo. Je bent een slimme man.’

Er was iets in die opmerking wat Heleen deed huiveren. Waarschijnlijk de ongenaakbaarheid in haar stem. Ze leek geen enkel gevoel te hebben, geen aarzeling, geen angst. Aan alles was te horen dat ze de macht had. Haar stem trilde nog niet het kleinste beetje. Het klonk alsof ze dit al zoveel vaker had gedaan en alsof de angst en het trauma dat ze een onschuldige zevenjarige aandeed, haar volkomen koud lieten. Wat waarschijnlijk ook zo was, besefte Heleen. Dit was een vrouw die zich zo had vastgebeten in haar rancune, dat er voor gevoelens geen ruimte meer was. Onder andere omstandigheden zou Heleen niets dan medelijden voor haar hebben gevoeld.

'Vanavond kom je het geld brengen. Alleen.'

Carlo keek vluchtig naar zijn vrouw. Dit scenario hadden ze niet doorgesproken. 'Heleen gaat mee', zei hij toen. 'We komen samen.'

Heleen verstarde. Adriana hield er duidelijk niet van te worden tegengesproken. Ze schudde licht, bijna onmerkbaar, haar hoofd. Eén fout, dreunde het in haar hoofd. Eén fout en dit zou verkeerd aflopen.

Tot haar verbazing ging Adriana overstag. 'Alleen jullie twee. Als ik merk dat er meer mensen zijn, gaat het niet door.'

'Geen politie', zei Carlo ter bevestiging. 'Alleen wij twee. Geef me een plek en we zullen er zijn.'

Heleen schrok toen Adriana's hoge, schelle lach door de luidspreker klonk. 'Ach Carlo,' zei ze, alsof hij een ondeugend kind was en zij een strenge onderwijzeres, 'zo slim ben je toch niet. Je dacht toch niet echt dat ik je nu een adres zou geven?'

Heleen zag dat het Carlo moeite kostte de kalmte in zijn stem te bewaren. Zijn handen beefden en het zweet liep in straaltjes over zijn gezicht.

'Jullie gaan om precies half tien in de auto zitten', ging Adriana verder. 'Rijd de weg af naar beneden en zet daar de auto stil. Daarna bel ik.'

Carlo zweeg.

'Begrepen?' Een koude, ongeduldige snauw.

Carlo slikte hoorbaar en antwoordde. 'Half tien, we rijden naar beneden en wachten daar tot jij belt.'

‘Precies.’ Even was er een stilte. Toen klonk nog één keer Adriana’s stem. ‘Honderdduizend euro. Als het geld er niet is, is hij vanavond dood, Carlo.’

Een kort toontje gaf aan dat de verbinding was verbroken. De laatste woorden echoden zo hard na in Heleens hoofd, dat ze haar handen voor haar gezicht sloeg en ongecontroleerd begon te huilen.

11

'Nog drie minuten.' Carlo's stem klonk haast fluisterend. Hij hield zijn ogen strak op zijn mobiel gericht.

Heleen keek op haar eigen telefoon, die aangaf dat het vijf voor half tien was. Ze stopte hem in haar zak. Carlo had de klok op zijn telefoon gelijk gezet met de officiële tijd, die hij op internet had opgezocht. Adriana had gezegd dat ze om precies half tien in de auto moesten gaan zitten. Het had dreigend geklonken, alsof ze het als een grote fout zou beschouwen als ze een minuut te vroeg of te laat waren. Heleen durfde nog steeds niks uit te sluiten. Misschien had ze wel een manier gevonden om hen in de gaten te houden, terwijl ze in het donker voor hun huis stonden. Het was aardedonker buiten. De tuinverlichting aan de voorkant werkte nog niet en het enige licht kwam van de keukenlamp die ze hadden laten branden. Het zwakke schijnsel was net genoeg om het smalle grindpad langs de rand van het huis te verlichten. Heleen keek naar de lucht. Een wolk belemmerde het maanlicht.

'Nog twee.'

Heleen knikte en probeerde zich voor de zoveelste keer voor te bereiden op wat hen te wachten stond. In de achterbak van de auto stond een grijskleurige aktekoffer vol papiergeld. Zeventigduizend euro, alles wat ze vandaag bij elkaar hadden weten te krijgen. Ze waren begonnen met geld uit pinautomaten halen, maar al snel hadden ze moeten concluderen dat het op die manier niet opschoot. Na drie keer pinnen was hun daglimiet bereikt. Alleen bij een balie konden ze, met hulp van een beambte, meer opnemen. Om geen argwaan te wekken waren ze bij negen verschillende banken geweest, in verschillende plaatsen. Tegen rechercheur Lippi hadden ze gezegd dat ze er niet langer tegen konden om thuis werkeloos te gaan zitten wachten en dat ze zelf in de omgeving gingen zoeken. Hij had opnieuw duidelijk gemaakt dat dat in zijn ogen geen enkele zin had, maar ergens had Heleen het idee gehad dat hij het wel begreep.

Bij elke bank die ze bezochten, werd Heleen nerveuzer. Ze had geen idee hoe banksystemen werkten en of de systemen van verschillende banken op elkaar waren aangesloten. Als dat het geval was, zou één blik op hun transactiegeschiedenis een baliemedewerker toch op z'n minst moeten doen fronsen. Het was natuurlijk niet verboden om zoveel geld van je eigen rekening op te nemen, maar het was wel opvallend. Zeker in een land waarin corruptie bepaald niet was uitgebannen, leek het opnemen van zo'n grote hoeveelheid cash geld binnen zo'n korte tijd Heleen een reden om een onderzoek te starten. Carlo was het met haar eens geweest, maar hij had iets meer durven geloven dat de systemen van de banken niet op die manier onderling in verbinding stonden. Ze konden bij elkaar kijken, maar volgens hem was er geen real time alert dat aangaf dat de mensen aan de balie die tienduizend euro wilden opnemen, datzelfde net bij zes andere banken ook hadden gedaan. Hij bleek gelijk te hebben, had Heleen opgelucht geconstateerd nadat de medewerker van de laatste bank honderd groene briefjes voor hen had uitgeteld. Ze hadden ze bij de andere zeshonderd briefjes van honderd gestopt en waren teruggereden naar de casa. Dat was om half vijf geweest, precies vijf uur geleden.

Naast haar kwam Carlo in beweging. 'We gaan', zei hij schor.

Hij liep naar de auto. Heleen volgde hem met stramme bewegingen. Ze nam plaats op de passagiersstoel. Al haar spieren waren tot het uiterste gespannen. Ze legde haar hand aan de binnenkant van de deur en omklemde met haar vingers de leren steun. Bij elke kuil in de weg voelde ze haar spieren protesteren. Haar rug was nat van het zweet, ondanks de loeiende airconditioning. Ze voelde zich draaierig en sloot even haar ogen, maar dat zorgde voor een golf van misselijkheid.

'Bijna', hoorde ze Carlo naast zich mompelen toen ze het einde van de weg naderden. Hij remde af voor de kruising. 'Hier?'

Heleen knikte stijf. 'Ik denk het wel. Ze heeft niet gezegd of we links of rechts moesten gaan.'

Carlo zette de auto stil, maar liet de motor draaien. Het stationaire gegrom was het enige geluid, verder was het doodstil. Geen van beiden zei iets en de weg was verlaten. Carlo gebruikte de centrale vergrendeling van de auto. Voor haar geestesoog zag Heleen beelden van iemand die de achterbak opentrok en er met het geld vandoor ging. Als Adriana hen in de gaten had gehouden, wist ze dat het koffertje daar stond. Nu kon ze zichzelf wel voor haar kop slaan. Ze had het hier moeten hebben, stevig in haar hand. Maar eerder vandaag toen ze dit bespraken had het een betere keuze geleken het achterin te zetten. Mocht er iemand voorbij komen die ze kenden of mochten ze politie tegenkomen, dan was het koffertje in elk geval niet te zien.

Carlo hield zijn telefoon stevig in zijn hand geklemd. Beiden keken er verschrikt naar toen het apparaat begon te rinkelen. Het licht dat het schermpje verspreidde was fel in het donker en het geluid deed Heleens oren tuiten.

Carlo schoof met zijn duim over het scherm om op te nemen. 'Hallo?'

Heleen leunde naar hem toe om mee te luisteren. 'Ik zie de auto', klonk de stem van Adriana. 'Vanaf waar je nu staat sla je linksaf.'

Carlo verroerde zich niet. Heleen hield haar adem in, in afwachting van meer instructies.

'Doe het!' snauwde Adriana. 'Linksaf.'

'Oké, oké.' Met zijn vrije hand zette Carlo de auto haastig in zijn versnelling. Hij gaf richting aan en trok op. Daarna zette hij de telefoon op de luidspreker en legde die op de middenconsole. Heleen keek koortsachtig om zich heen. De wolk was verdwenen en wittig maanlicht verlichtte de weg, maar het was uitsluitend genoeg om de omtrekken van bomen te zien. Ze zag geen auto's, geen gestaltes. Ze had geen idee waar Adriana was.

Plotseling ontwaarde ze een beweging aan de rechterkant van de weg. 'Kijk uit!' riep ze in een reflex. Een auto trok op vanuit de berm en Carlo moest vol op de rem staan om hem te ontwijken.

'Opletten, cretino', klonk Adriana's stem door de luidspreker. 'Volg mij.'

De auto voor hem gaf een dot gas en Carlo reed erachteraan. Ze volgden de donkere Alfa Romeo, die Heleen herkende als de auto die bij hun casa had gestaan. Adriana volgde de provinciale weg. Heleen kneep haar ogen samen en probeerde te zien of er meerdere mensen in de auto zaten, maar daarvoor was het te donker. Ze durfde niet te vragen of Carlo het kon zien nu Adriana alles kon horen.

Ze reden voort over de verlaten weg. Adriana hield zich precies aan de maximumsnelheid. Heleen raakte haar gevoel voor tijd en afstand kwijt. Ze keek op haar horloge. Kwart voor tien. Hadden ze vijf kilometer gereden? Tien? Ze had geen idee, ook al kende ze deze weg inmiddels als haar broekzak. Door de telefoon klonk alleen geruis. Als er al meerdere mensen in Adriana's auto zaten, hadden ze instructie gekregen hun mond te houden. Heleen huiverde toen ze aan Florians doodsbange stem dacht, gisteren, aan de telefoon. Zou hij bij zijn ontvoerster in de auto zitten? En zou hij luisteren als ze zei dat hij zijn mond moest houden? Waarschijnlijk niet, zijn angst was veel te groot. Als hij Carlo's stem zou horen, zou hij erop reageren. Ze durfde er niet aan te denken wat Adriana gedaan zou kunnen hebben om het jongetje de mond te snoeren.

Ze reden voorbij een bord, dat aangaf dat ze een kruising naderden. Heleen kende de kruising, maar het lukte haar niet zich te herinneren waar de weg die ze zouden passeren naartoe leidde. Adriana remde af, Carlo volgde. De kruising werd verlicht met straatlantaarns en Heleen tuurde door de voorruit toen de auto voor hen in het licht stond, maar de ramen weerkaatsten de lampen en ze kon er niet in kijken. Ze zag dat Carlo zijn ogen had samengeknepen en hetzelfde deed als zij.

Adriana trok weer op en stak de verlaten kruising over. Carlo klungelde even met de versnelling en de auto maakte een gierend geluid. 'Schiet op', zei Heleen gespannen toen ze even achterop dreigden te raken. Carlo knikte met een verbeten trek om zijn mond, herstelde zijn fout en een paar seconden later reden ze weer achter Adriana. Heleen staarde naar de telefoon tussen hen in, maar het bleef stil.

Opnieuw reden ze met precies de toegestane snelheid verder. De begroeiing aan weerszijden van de weg werd hier dichter. Het maanlicht verdween af en toe achter hoge boomtoppen. Heleen meende ook silhouetten van hogere heuvels te onderscheiden, maar in het donker was het amper te zien. Het enige wat ze zeker wist, was dat de weg omhoog leidde. Er kwamen meer bochten. Plotseling dook een paar koplampen op. Heleen knipperde tegen het felle licht en hield haar adem in, maar de auto reed voorbij. Ze liet de lucht ontsnappen. Naast haar deed Carlo hetzelfde.

Het volgende moment lichtten Adriana's remlichten felrood op. Carlo moest zijn rem diep intrappen om een botsing te voorkomen. Adriana zette de auto bijna helemaal stil. Heleen zette zich schrap en maakte zich klaar om uit te stappen, maar een seconde later zette Adriana haar richtingaanwijzer naar links aan en maakte een scherpe bocht. Carlo volgde. Ze draaiden een onverharde weg op, die steil omhoog leidde. De Fiat protesteerde bij de eerste kuil. Carlo gaf een stoot gas en de auto schoot erdoorheen. De koplampen dansten heen en weer en het kostte Heleen moeite de staat van de weg in te schatten. De volgende kuil diende zich aan en er klonk een klap tegen de bodemplaat. Even vreesde ze dat de auto het zou begeven, maar ook deze keer schoten ze weer naar voren. Heleen hield de telefoon vast, die dreigde op de grond te glijden.

Adriana's auto leek minder moeite te hebben met de slechte staat van de weg. Ze liet haar donkere Alfa in een redelijk tempo klimmen. Carlo gaf gas om haar bij te kunnen houden. Door de snelheid bonkte de auto makkelijker door de kuilen en even later waren ze de Alfa op een paar meter genaderd. De weg kronkelde zich via scherpe bochten en smalle stukjes omhoog. Een paar keer moesten ze om een groepje bomen heen manoeuvreren. Heleen had het idee dat het pad niet voor auto's maar voor mountainbikers was bedoeld.

Ze volgden de weg nog een stukje omhoog, daarna sloeg Adriana rechtsaf, een ander pad in. Ze stuurde de Alfa scherp naar links en zette hem stil tussen twee bomen. Carlo wachtte even wat er ging gebeuren. Het portier aan de bestuurderskant ging een stukje open. Carlo gaf gas en zette de Fiat naast de andere auto. 'Stap uit', klonk Adriana's stem door de telefoon.

Heleen klikte met trillende vingers haar gordel los. Het moment naderde waarop ze Adriana moesten vertellen dat ze niet het hele bedrag bij zich hadden. Ze hadden afgesproken dat Carlo het woord zou voeren. Hij zou eerst niks zeggen over het bedrag, dat had hen allebei een goed idee geleken. Mogelijk dat Adriana het geld aanpakte, Florian teruggaf en dat ze zich dan uit de voeten konden maken. Het tellen van zevenhonderd briefjes van honderd kostte zeker vijf minuten, of langer. Tegen de tijd dat Adriana erachter zou komen dat het bedrag niet compleet was, konden ze al een stuk op weg zijn. Naar huis zouden ze natuurlijk niet gaan. De tank van de Fiat was vol, daar had Carlo vanmiddag voor gezorgd. Ze zouden uren kunnen blijven rondrijden om Adriana voor te zijn. Uiteindelijk zou ze opgeven, was hun verwachting. Zonder pressiemiddel kon ze Carlo en Heleen immers niet langer dwingen de politie erbuiten te houden.

De andere optie was dat Adriana Florian pas zou teruggeven als ze het geld had geteld. Als het die kant op dreigde te gaan, zou Carlo open kaart spelen. Heleen vreesde Adriana's reactie. Even hadden ze vanmiddag overwogen een wapen mee te nemen. Een mes, een honkbalknuppel desnoods. Iets om zich te kunnen verdedigen in geval van nood. Heleen was ervan overtuigd dat Adriana ook gewapend was. Maar uiteindelijk hadden ze besloten niks mee te nemen. Alles wat Adriana mogelijk kon irriteren, betekende een extra gevaar voor Florian. Misschien zou ze eerst hun auto wel doorzoeken en alles afblazen als ze een mes vond.

Ze legde haar hand op de hendel van de deur en trok die naar zich toe. Met een klikje ging het portier open. Ze duwde het verder en zette één voet buiten de auto. Met moeite kwam ze omhoog. Carlo was al uitgestapt en sloot zijn portier. De klap klonk hard door de stille nacht. Ergens in de buurt vloog een vogel op met een schorre kreet.

Heleen liep om de auto heen en bleef staan, schuin achter Carlo. Adriana stond tegenover hen op een meter of zes afstand. Haar rug recht, haar handen in haar zij. Ze droeg een zwarte broek en een leren jasje in dezelfde kleur. Het was te donker om de blik in haar ogen goed te kunnen peilen, al werd haar gezicht door de bomen heen schimmig wit verlicht door de maan.

'Carlo', was het eerste woord dat ze zei.

Hij gaf geen antwoord, maar rechtte zijn rug en staarde haar aan. Een paar seconden verstreken. Uiteindelijk deed hij zijn mond open. Zijn stem klonk vast, ongetwijfeld zelfverzekerder dan hij zich voelde. 'Adriana.'

Naast haar ontstond beweging. Heleen keek naar een gedaante die langzaam dichterbij kwam. Het was de jongen. Hij hield halt naast zijn moeder en keek Carlo eveneens strak aan.

Adriana blikte even opzij en richtte daarna haar aandacht weer op Carlo. 'Dit is je zoon', zei ze met een stem die trilde van ingehouden woede. 'De zoon naar wie je nooit hebt omgekeken. De zoon die je in de steek liet toen hij nog niet eens was geboren. De zoon die zo vaak naar jou heeft gevraagd en die ik keer op keer moest vertellen dat zijn vader hem niet wilde.'

Heleen voelde de spanning bij Carlo verder toenemen. Hij deed zijn mond open om iets te zeggen, maar Adriana legde hem met een handgebaar het zwijgen op. 'Al die jaren moest ik keihard werken om in ons onderhoud te kunnen voorzien, Carlo. Jaren waarin jij zo veel geld verdiende bij de bank waar je werkte.'

Heleen zoog lucht naar binnen en hield die vast. Het idee dat zijn ex haar man al die jaren was blijven volgen, maakte het op een of andere manier nog erger.

'En jaren waarin je kinderen kreeg die er wel mochten zijn. Dat zoontje...' Ze maakte een gebaar met haar hoofd richting de auto. Het was onopvallend, misschien wel onbewust, maar duidelijk zichtbaar voor Heleen, die haar blik op de vrouw had gefixeerd. Ze verplaatste haar aandacht naar Adriana's Alfa Romea en moest de neiging onderdrukken om niet naar de auto toe te rennen en de portieren open te rukken.

'Dat zoontje die het ongetwijfeld aan niks mocht ontbreken', ging Adriana door. 'Voor wie je wel alles over had. Die niet op zijn verjaardag teleurgesteld hoefde te zijn dat er maar één cadeautje was, terwijl zijn vriendjes er allemaal veel meer kregen.' Voor het eerst keek Adriana nu Heleen aan. Haar blik schoot heen en weer tussen haar en Carlo. 'En dan heb je ook nog het lef om terug te verhuizen naar Italië. Het land waar je als een lafbek weg bent gegaan, waar je je vrouw en je kind hebt achtergelaten met niks. Juist in dat land strijk je neer met je gezin, alsof er niks aan de hand is. Alsof je zo'n geweldige vader bent.'

Er viel een stilte. Carlo zei niks. Heleen hoorde hem naast zich zwaar ademen. Na een paar seconden ging Adriana verder. 'Als je denkt dat je je verleden kunt uitwissen, dan heb je het fout, Carlo. Het blijft je achtervolgen. Altijd. Je kunt weglopen, maar daarmee maak je je daden niet ongedaan.' Ze wierp een blik op haar zoon. De jongen hield op zijn beurt zijn ogen strak op Carlo gericht. Heleen keek naar hem. Hij had dezelfde donkere ogen als zijn moeder, en hetzelfde fijne haar. De vorm van zijn gezicht was een beetje rechthoekig, net als dat van Carlo. Maar een kopie was hij zeker niet.

'De tijd kun je niet meer inhalen', zei Adriana. 'En het geld maakt niet alles goed. Maar het is het minste. Je bent weggelopen voor je verantwoordelijkheid en nu word je teruggefloten.'

Deze keer deed Carlo wel zijn mond open. 'Waarom mijn zoon? Je had naar mij toe moeten komen. We hadden erover moeten praten. Maar Florian...'

Adriana gooide haar hoofd in haar nek en lachte schel. 'Erover praten? Dan had ik jou uitgelegd wat de situatie was en had jij gezegd: 'O, we hebben een zoon samen, kom in mijn armen!' Geloof je het zelf?'

'Maar Florian is een onschuldig kind! Hij heeft hier niks mee te maken.'

'Hij brengt me jou, dus hij heeft hier alles mee te maken.' Adriana keek hem aan met een koude blik. 'je geeft niet om je eerste kind, Carlo. Waarom dan wel om deze? Wat heeft Alessandro fout gedaan? Hij is ook onschuldig. Hij heeft ook niks te maken met de problemen die jij en ik hadden. Maar jij hebt hem er onderdeel van gemaakt door weg te gaan. Jij hebt zijn jeugd getekend.' Ze knipperde. 'Honderdduizend euro is een schijntje vergeleken bij wat we eigenlijk zouden moeten krijgen.'

Heleen slikte. Het moment naderde. Ze zag dat Carlo woedend was, maar zich inhield. Zolang ze Florian niet hadden, kon hij geen kant op.

Vanuit haar ooghoek zag ze beweging. Heel snel, een flits, nauwelijks waarneembaar in het maanlicht. Maar ze wist dat haar ogen haar niet hadden bedrogen. Achter het raampje van de Alfa had ze haar zoon gezien. Naast zich voelde ze Carlo verstrakken. Instinctief wist ze dat hij het ook had gezien. Daarover had Adriana in elk geval niet gelogen. Ze had hun zoon bij zich.

'Het geld, Carlo', zei de vrouw. De kou in haar ogen leek alleen maar dieper te worden. Ze keek naar het koffertje dat Carlo in zijn hand hield. Heleen hield haar adem in.

Carlo zette een stap naar voren, net als Adriana. Ze waren elkaar nu tot op twee meter genaderd. Adriana stak haar hand uit, maar Carlo hield de zijne stijf naast zijn lichaam geklemd. 'Eerst mijn zoon.'

Heleen wist niet of hij het expres deed, maar ze zag dat de formulering van die zin Adriana woest maakte. Bijna onmerkbaar schudde ze haar hoofd. Carlo moest hem bij zijn naam noemen. Het woord 'zoon' werkte als een rode lap op een stier op de vrouw.

'Hij staat daar', zei Adriana giftig, met een gebaar naar Alessandro.

'Ik wil Florian zien', zei Carlo, haar woorden negerend. 'Dan pas krijg je het geld.'

Adriana schudde haar hoofd en knikte richting het koffertje. 'Maak open. Ik wil zien hoeveel het is.'

De schrik sloeg Heleen om het hart. Ze keek vluchtig naar Carlo. Hij zei niks, maar knielde neer op de grond en klikte het koffertje open. Daarna draaide hij het naar Adriana en liet haar het geld zien.

De vrouw kwam dichterbij. Heleen zag het zweet op Carlo's bovenlip. Hij deed zijn mond open, maar sloot die weer.

Adriana wierp een blik in het koffertje. Blijkbaar beviel wat ze zag haar, want ze draaide zich om naar Alessandro en gaf hem een kort knikje. Hij liep naar de auto en klikte die met de afstandsbediening open. De oranje lichten waren fel als bliksemschichten in het donkere bos.

Alessandro opende het achterportier. Heleen slaakte een kreet en sloeg haar hand voor haar mond. Op de achterbank zat Florian, zijn handen en voeten vastgebonden, zijn mond bedekt met duct tape. Zijn ogen waren opgesperd en stonden doodsbang. Toen hij hen zag, probeerde hij zich los te worstelen, maar het touw om zijn handen en voeten benam hem die mogelijkheid. Het volgende moment smeet Alessandro de deur dicht en vergrendelde de auto.

Trillend haalde Heleen adem. Ze merkte nauwelijks dat haar gezicht nat was van de tranen. Naast haar hoorde ze Carlo zwaar ademen. Hij had het koffertje gesloten en was overeind gekomen. Zijn gezicht was donker, zijn ogen schoten vuur. Waar Heleen voornamelijk angst voelde, zag ze bij hem alleen maar onstuimige boosheid.

Alessandro posteerde zich weer naast zijn moeder. Hij sloeg zijn armen over elkaar. Deze keer voerde hij het woord. Zijn stem was zwaarder dan je bij zijn leeftijd zou verwachten, de blik in zijn ogen net zo koud als die van zijn moeder. 'Het geld', zei hij. 'Pa.' Dat laatste voegde hij er spottend aan toe. De kou in zijn ogen vermengde zich met haat toen hij het uitsprak.

'Eerst Florian', hield Carlo vol.

Alessandro bleef hem aanstaren. 'Wij bepalen hoe dit gebeurt, niet jij. Eerst het geld.'

Carlo schudde zijn hoofd. 'En wie zegt dat jullie er niet met het geld en mijn zoon vandoor gaan? Het geld interesseert me niet, maar ik wil mijn kind terug.'

Die laatste woorden leken een vlam van woede in Alessandro te ontsteken. 'Je kind terug? Dat had je zestien jaar geleden moeten zeggen. Maar toen had je ook geen interesse in je kind!' Hij stapte naar voren tot hij Carlo op een meter was genaderd. 'Je bent een waardeloze vader. De enige aan wie jij denkt, de enige om wie jij geeft, ben je zelf. Je kind interesseert je geen zak!'

Heleen hoorde hoe de boosheid in Carlo's stem tot een hoogtepunt kwam. Ze wilde hem tegenhouden, maar het leek of haar armen en benen blokkeerden. Ze deed haar mond open, maar er kwam geen geluid.

'Wie zegt dat jij mijn kind bent?' vroeg Carlo met een stem die trilde van woede. Hij hield zijn kiezen op elkaar geklemd en keek agressief naar de jongen tegenover hem. 'Zo nauw nam je moeder het niet. Heeft ze je niet verteld wat haar reputatie was? Met wie ze het allemaal deed? Nee?'

'Carlo!' schreeuwde Heleen. Dit ging helemaal fout. Ze vloog haar voren en pakte haar man bij zijn arm om hem weg te trekken. Op hetzelfde moment overbrugde Alessandro de laatste meter en vloog zijn vader aan. Hij greep hem bij zijn kraag en haalde uit met zijn vuist. Heleen hoorde iets kraken en werd gedwongen los te laten. Ze struikelde en belandde met haar gezicht op de vochtige bosgrond. Snel krabbelde ze overeind.

Carlo was ook gevallen en probeerde zich te ontworstelen aan Alessandro's beukende vuisten. Heleen zag iets glimmen in het maanlicht. Ze knipperde en zag Adriana naar het vechtende tweetal toe lopen, een mes in haar hand. Een paar seconden stond Heleen in tweestrijd. Was de vrouw daadwerkelijk van plan dat mes te gebruiken? Of had ze het alleen meegenomen om zichzelf te verdedigen? Heleen keek razendsnel heen en weer tussen de twee mannen op de grond en de auto tussen de bomen. Daarna nam ze haar beslissing.

In drie stappen was ze bij de auto. Ze rukte aan het portier, maar dat gaf niet mee. Met haar elleboog beukte ze tegen het raampje aan van de passagiersstoel, zodat het gebroken glas niet op Florian terecht zou komen. Ze hoorde een gesmoorde kreet en wist niet eens of die van haarzelf of van iemand anders kwam. Nog een keer bonkte ze, maar het glas was steviger dan ze had gedacht.

Koortsachtig zoekend keek ze om zich heen. In het donker kon ze nauwelijks iets onderscheiden. Ze bukte en vond op de tast een stok die dik genoeg moest zijn. Stevig klemde ze hem in haar hand. Ze deed een paar passen terug, nam een aanloopje en haalde uit. Met een kracht die ze van zichzelf niet kende, ramde ze de stok tegen het raampje. Het glas versplinterde. Heleen zag Adriana naar haar kijken en even was ze bang dat de vrouw op haar af zou komen, maar toen richtte ze haar aandacht weer op Carlo. Heleen bleef beuken tot het gat groot genoeg was om haar hand doorheen te steken.

Ze voelde een scherpe punt haar arm binnendringen toen ze haar hand naar binnen stak en het slot openmaakte. De pijn ging verloren in de adrenaline die door haar aderen pompte, ze merkte nauwelijks dat een straal bloed langs haar hand naar beneden liep. Ze vond het slot en rukte de deur open. Daarna maakte ze het achterportier open.

'Mama', zei Florian gesmoord vanachter de tape. Zelfs nu kon ze de doodsangst in zijn stem horen.

'Ik ben hier, lieverd', fluisterde ze hem toe. 'Je bent veilig. Alles komt goed.'

Ze rukte aan de touwen. Eerst leken ze niet mee te geven, toen kreeg ze een los puntje te pakken en ontwarde ze. In één beweging trok ze Florian naar zich toe en tilde hem op. Ze blikte achterom. Carlo had zich nog niet ontworsteld aan Alessandro en ook Adriana stond er nu vlakbij. Ze zag haar man vechten. Of hij gewond was, kon ze vanaf deze afstand niet bepalen. Ze moest hem helpen, maar haar kind was nu haar eerste zorg.

Even keek ze naar hun auto. Dat was geen optie, Carlo had de sleutels. Zonder nog langer na te denken, begon ze te rennen. Weg van de plek, tussen de bomen door, dieper het bos in. Ze wilde sneller, maar het kind in haar armen was zwaar en maakte dat ze een paar keer bijna haar evenwicht verloor. Florian hield zich stil, alsof hij aanvoelde dat geluid gevaarlijk kon zijn. Heleen had geen idee of er iemand achter haar aan kwam. Ze keek niet om. De tijd die dat zou kosten, zou het verschil kunnen zijn tussen ontsnappen of opnieuw overgeleverd zijn aan Adriana.

Blind zigzagde ze tussen de bomen door. Ze wist niet eens precies hoe lang ze had gerend toen ze wat langzamer ging lopen. Haar longen deden pijn, haar armen waren zwaar van het dragen van Florian. Het jongetje had zich aan haar vastgeklampt. Het gevoel van zijn armpjes die klemvast om haar nek zaten was het beste wat Heleen ooit had gehad. Ze ging over in een normaal looptempo en toen pas durfde ze achterom te kijken. Het weinige licht beperkte haar zicht, maar ze geloofde dat ze niet was achtervolgd. Voor het eerst durfde ze enige opluchting toe te laten. Ze verplaatste Florians gewicht naar één arm en trok de tape van zijn gezicht. Daarna begroef ze haar neus in het haar van haar zoon en kuste hem op zijn hoofd.

'Je bent veilig, lieverd', prevelde ze. 'Mama is bij je.'

Misschien waren het die woorden of het feit dat ze niet langer renden, maar op dat moment begon Florian te huilen. Hij knelde zijn armen om strakker om haar nek en het was alsof al zijn angst er in één keer uitkwam. Heleen deed geen moeite haar eigen tranen te bedwingen terwijl ze hem zachtjes wiegde en troostende woordjes fluisterde.

Plotseling werd ze opgeschrikt door een geluid. Het begon zacht in de verte, maar zwelde langzaam aan. Eerst kon ze het niet plaatsen, toen realiseerde ze zich dat het

het geronk van een motor was. Instinctief dook ze ineen. Florian knelde zijn armen nog steviger om haar nek. Heleen leunde met haar rug tegen een boom en wachtte tot ze de auto daadwerkelijk zou zien.

Een paar minuten lang gebeurde er niks, toen ineens kwamen twee koplampen om de bocht. De lichtbundels schoten op en neer toen de auto door kuilen reed. Eén keer voelde ze de bundels recht op zich gericht. Ze hield haar adem in, maar het moment duurde niet langer dan een paar seconden. Ze zette zich schrap om weg te kunnen rennen als dat nodig was, maar de auto reed door. Ook al was het donker, het leed geen twijfel dat het de zwarte Alfa was. Adriana en Alessandro hadden zich uit de voeten gemaakt. Heleen kon zichzelf wel voor haar kop slaan dat ze haar telefoon in de auto had neergelegd en niet in haar zak had gestopt. Ze zou nu de politie moeten bellen, zodat die achter de Alfa aan kon gaan. Tegelijkertijd kon het geld haar nu even niks schelen. Ze had Florian terug, dat was het belangrijkste. En ze moest Carlo helpen.

Ze kwam overeind en hees Florian weer in haar armen. Daarna liep ze naar de weg waar de auto net was gepasseerd en volgde die omhoog. Ze hadden hier eerder vanavond gereden en hoewel het in het donker moeilijk te zien was, meende ze zich te herinneren hoe ze gegaan waren. Ze kwam op een kruising en ging rechtsaf.

Even dacht ze dat ze helemaal fout zat. In haar herinnering hadden ze de auto's vrijwel meteen na het afslaan geparkeerd, maar nadat ze een paar minuten had gelopen, kreeg ze hun Fiat in het oog.

'Carlo!' riep ze.

Ze bleef staan, licht hijgend. Haar hartslag hamerde in haar oren en ze moest haar best doen daar andere geluiden doorheen te horen. Opnieuw riep ze. 'Carlo!'

Heel zwak klonk zijn stem, meer als een kreun dan als een woord. 'Hier.'

Ze draaide naar links, in de richting van het geluid en mompelde tegen Florian: 'Ik moet je even neerzetten, lieverd. Ik moet naar papa.'

Hij protesteerde angstig en klemde zich vast, maar Heleen suste hem. 'Ik laat je niet alleen. Echt niet. Blijf maar bij mama.'

Uiteindelijk zette ze haar zoon op de grond. Met zijn hand stevig in de hare geklemd liep ze verder in de richting van waar ze Carlo's stem had gehoord. Er was weer een wolk voor de maan geschoven en haar zicht was niet meer dan een halve meter. Ze struikelde bijna over hem toen ze hem eindelijk zag.

Heleen liet zich op haar knieën vallen. Ze stak haar handen uit en raakte zijn gezicht aan. Aan haar vingers voelde ze iets warms en kleverigs, Carlo kreunde zacht.

'Carlo, wat hebben ze met je gedaan?' vroeg Heleen met een schorre stem.

Naast haar begon Florian te huilen. 'Papa', snikte hij. 'Je gaat toch niet dood?'

Carlo richtte zijn blik met moeite op zijn zoon. Op zijn gehavende gezicht kwam iets van een glimlach door. 'Je hebt hem', zei hij zacht. 'Dat is het belangrijkste.'

Die woorden leken hem al zijn kracht te kosten. Zijn ogen draaiden weg en hij haalde met moeite adem. 'Nee', zei Heleen met groeiende bezorgdheid. 'Nee, niet wegzakken. Blijf bij me, Carlo. Niet doodgaan. Blijf hier.'

Zijn ogen gingen weer open. 'Mijn buik', bracht hij moeizaam aan. 'Mes.'

Heleen sprong overeind. 'We gaan nu naar ziekenhuis. Ik zet de auto hier neer.'

Ze voelde haar hart in haar keel hameren, en tegelijkertijd was ze ineens heel helder. Ze mocht haar verstand nu niet verliezen. Ze haalde de sleutels uit Carlo's broekzak. Zijn kleding was nat. Heleen wist niet of het bloed was of het vocht dat vanaf de bosgrond was opgetrokken en ze realiseerde zich dat dat misschien maar beter was. Ze moest haar hoofd koel houden.

Met Florian in haar kielzog liep ze naar de auto. Ze zette haar zoontje op de achterbank en ging achter het stuur zitten.

Toen ze de sleutel in het contact stak, merkte ze hoe erg haar hand trilde. Twee keer miste ze, toen duwde ze de sleutel erin en draaide die om. De motor sloeg aan met een geruststellend geronk.

Ze zette de Fiat in z'n achteruit en gaf te veel gas, waardoor de wagen naar achteren schoot. 'Focus, Heleen', mompelde ze zacht voor zich uit, alsof ze zichzelf daarmee bij de les kon houden. In een rustiger tempo reed ze iets verder door naar achteren en schakelde daarna naar de eerste versnelling. Met koplampen aan was het beter te zien waar Carlo zich bevond. Ze slikte toen ze hem in het licht zag. Hij was half overeind gekomen, zijn hand stevig tegen zijn shirt gedrukt. Zijn gezicht zat onder het bloed, net als zijn kleding.

Ze zette de auto stil en stapte uit. Daarna opende ze het portier aan de passagierskant en liep naar Carlo. 'Kun je lopen?'

Hij schudde zijn hoofd, een beweging die hem al zijn kracht leek te kosten. Half kruipend begon hij in de richting van het openstaande portier te bewegen. Heleen ondersteunde hem. Geen van beiden zei iets. Carlo had al zijn energie nodig om vooruit te komen, Heleen had simpelweg geen woorden. Eén keer keek ze om. Het koffertje lag er niet.

Uiteindelijk lukte het Carlo in de auto te komen. Even keek hij om naar Florian, die stil op de achterbank zat en het tafereel met grote ogen gadesloeg. Heleen maakte Carlo's gordel vast, sloot zacht het portier en ging achter het stuur zitten. Zo voorzichtig mogelijk reed ze weg, maar ze kon niet voorkomen dat de auto door een kuil ging. Carlo kromp ineen. Zijn hoofd hing een beetje opzij en hij leek weg te zakken.

'Bijblijven', zei Heleen. Ze probeerde de angst die ze voelde uit haar stem te weren, zowel voor Carlo als voor Florian. 'Nog even volhouden. We zijn zo in het ziekenhuis.'

Hoe graag ze ook voorzichtig wilde doen om Carlo de pijn te besparen, snelheid was nu belangrijker. Ze durfde niet te kijken naar de almaar groter wordende bloedvlek in Carlo's shirt. Zelfs in het donker kon ze de onnatuurlijk bleke kleur van zijn huid zien.

Ze bereikte het einde van de bosweg en sloeg linksaf. Op de asfaltweg kon ze met één hand het stuur loslaten. Ze reikte naar de middenconsole waar Carlo's telefoon nog steeds lag en drukte op de voorkeuzetoets die haar in verbinding stelde met rechercheur Lippi. Heleen had geen idee hoe laat het was, maar de politieman nam meteen op.

'Ze zijn gevlucht', zei Heleen zonder inleiding. 'Ze hebben losgeld.'

De rechercheur moest even schakelen. 'Losgeld?'

'Adriana en haar zoon. Wij hebben Florian, zij hebben losgeld geëist. We hebben betaald en ze zijn nu gevlucht.' Ze wist niet of haar relaas duidelijk was en het interesseerde haar ook niet. De politie moest manschappen op pad sturen.

'Waarheen?' vroeg Lippi.

'Dat weet ik niet. Mijn man is neergestoken, wij gaan naar het ziekenhuis in Poggibonsi.'

De rechercheur vroeg niet verder. 'Ik kom daarheen.'

Heleen verbrak de verbinding en gaf extra gas. 'Nog even volhouden', prevelde ze tegen Carlo. 'Nog even.'

12

'Bella, kom!' Florian hield een felgekleurd hondenspeeltje in de lucht en zwaaide ermee heen en weer. De blonde labradorpup kwam met onhandige sprongen op hem af gerend. Het hondje hapte naar het speelgoed en liet een hoog kefje horen.

Heleen sloeg het tafereel van een afstandje gade en lachte vertederd.

'Bella!' Dat was Sophia, die een paar meter verderop stond en ook een speeltje in haar handen hield.

De pup spitste haar oren en keek naar het tweede stuk speelgoed. Daarna holde ze naar Sophia en sprong tegen haar op.

Sophia gooide het speeltje weg en keek toe hoe het hondje er enthousiast achteraan ging.

'Schattig, hè?'

Carlo was op de veranda verschenen met twee kopjes espresso in zijn handen. Hij zette ze op tafel en ging met enige moeite naast Heleen op de bank zitten. De geur van sterke koffie drong haar neus binnen. Ze knikte. De blonde pup kon Amico natuurlijk niet vervangen, maar ze was blij dat ze de knoop hadden doorgehakt en haar in huis hadden genomen. De kinderen waren zo blij met haar, en bovendien voelde het alsof het hondje onderdeel uitmaakte van hun nieuwe begin.

Dat betekende niet dat ze alles wat achter hen lag was vergeten. Ze blikte even opzij naar haar man, die met een glimlachje rond zijn mond naar hun kinderen keek. Voor haar geestesoog trokken beelden voorbij uit de twee weken die ze achter de rug hadden. Hoe ze Carlo hevig bloedend en nog maar nauwelijks bij bewustzijn de spoedeisende hulp binnen had gebracht. Hoe hij was opgenomen en de artsen hadden getwijfeld of hij geopereerd moest worden aan de diepe steekwond ter hoogte van zijn lever. Uiteindelijk bleek dat gelukkig niet nodig omdat er geen organen waren geraakt. En nadat zijn wonden waren behandeld, zijn gebroken neus was gezet en hij twee dagen goed in de gaten was gehouden in het ziekenhuis, mocht hij naar huis. De eerste dagen waren niet makkelijk geweest. Heleen zat vol onverwerkte gevoelens. Niet alleen moesten ze proberen hun leven weer op te pakken na de ontvoering die op hen allemaal diepe indruk had gemaakt, ook moest Heleen een manier vinden om om te gaan met Carlo's verzwegen verleden. Daar was alleen nauwelijks tijd en gelegenheid voor. Dat Carlo's ouders meteen naar hen toe waren gekomen om het gezin bij te staan was natuurlijk ontzettend lief, maar het betekende ook drukte in huis. Daarnaast hadden ze via de politie een kinderpsycholoog voor Florian geregeld, die meteen met hem aan de slag was gegaan. Heleen wist niet of het daardoor kwam, maar tot nu toe leek hij redelijk te herstellen van het trauma. De eerste nachten had hij niet alleen willen slapen, maar daarna was hij weer naar zijn eigen kamer gegaan. Natuurlijk had hij nog altijd momenten dat hij angstig was. De psycholoog had gezegd dat dat nog weken of zelfs maanden kon duren. Zo vaak als ze kon zei Heleen tegen haar zoon dat die angst er ook mocht zijn en dat hij altijd bij haar en bij Carlo terecht kon als hij bang was. Ook probeerde ze met hem te praten over wat er was gebeurd. Uit wat hij vertelde maakte ze op dat hij was vastgehouden in een tent in het bos en dat hij ontzettend bang was geweest, maar dat hij gelukkig niet al die tijd vastgebonden had gezeten, zoals in de auto. Hij had genoeg eten en drinken gekregen en hij had ook verteld dat Adriana en Alessandro ruzie hadden gemaakt over geld. Er waren allerlei bedragen genoemd en Alessandro had elke keer gezegd dat het niet genoeg was. Florian wist niet wat die bedragen inhielden en Heleen had het hem niet verteld. Ze wilde niet dat hun zoon wist hoeveel geld ze voor hem hadden betaald.

Dat bedrag hadden ze natuurlijk wel tegen rechercheur Lippi gezegd. Op basis van hun verhaal had Lippi alle korpsen in het land opgeroepen niet alleen naar het tweetal uit te kijken, maar actief te gaan zoeken. Tegen de ochtend was de Alfa Romeo verlaten teruggevonden bij de grens met Slovenië. De politie had geen idee hoe ze verder waren gereisd en of ze misschien hulp hadden gehad. De zoektocht was nu internationaal en de politieman had duidelijk laten doorschemeren dat dat de pakkans niet vergrootte. Omdat ze het kind niet meer hadden, waren Adriana en Alessandro geen topprioriteit. Heleen had boos opgemerkt dat zeventigduizend euro toch een reden was om het tweetal op te sporen. Rechercheur Lippi had gezucht en hen vervolgens aangekeken alsof ze twee kleine kinderen waren, voordat hij had uitgelegd dat hij hen natuurlijk best wilde geloven, maar dat het wat betreft het geld moeilijk – zo niet onmogelijk was – om te bewijzen dat ze het aan Adriana en Alessandro hadden betaald. Zelfs als het tweetal werd gepakt met het geld keurig in een koffertje in de achterbak zou het hun woord tegen dat van Heleen en Carlo zijn. Dat was, zo had Lippi het geformuleerd, nou eenmaal het probleem als je op eigen houtje losgeld ging betalen. Zijn mening over het feit dat ze de politie buiten hun actie hadden gelaten, stak hij daarmee niet onder stoelen of banken. Heleen begreep de houding van de politie wel, maar spijt had ze niet dat ze het zo hadden gedaan. Ze had het zichzelf nooit vergeven als ze het leven van Florian op het spel hadden gezet. Dat ze het geld nooit meer zouden terugzien was vervelend, maar elke keer als ze Florian zag, kon ze zich er steeds minder druk om maken. Ze zouden de financiële klap wel te boven komen. Hoeveel belangrijker hun zoon was, was niet eens in een bedrag uit te drukken.

'Bella, nee!' Dat was de stem van Sophia. Het hondje had het speeltje te pakken gekregen en probeerde het nu uitbundig kwispelend in twee stukken te bijten. Heleen grinnikte. Naast haar hoorde ze ook Carlo lachen.

'Het was toch een goed idee om haar in huis te halen, denk je niet?'

Ze keek op. Carlo's blik was op haar gericht. Heleen knikte. 'Ik kan nog steeds niet geloven dat ze Amico heeft gedood', zei ze hoofdschuddend. Adriana had Carlo in de tijd dat Heleen weg was met Florian toegebeten dat de dode hond een waarschuwing naar hem toe was geweest, waarvan hij had gekozen die te negeren. In haar beleving had Carlo het dode beest in het zwembad moeten zien als een wake up-call, waarna hij naar haar toe had moeten komen en zijn excuses had moeten aanbieden voor het feit dat hij haar in de steek had gelaten. Achteraf gezien was het misschien maar goed dat Carlo toen al zover was weggezakt dat hij niet in staat was geweest haar te vertellen dat hij haar op dat moment nog niet eens had herkend.

Carlo knikte langzaam. 'Er is heel veel dat ik nog steeds niet kan geloven.'

Heleen voelde zijn aarzeling voordat hij zijn hand uitstak en die op haar been legde. De band tussen hen was natuurlijk nog niet zoals vanouds. Ze had grote moeite te accepteren dat Carlo een belangrijk deel van zijn verleden had verzwegen. In eerste instantie, toen ze na die verschrikkelijke avond naar huis was gegaan, Sophia had gehaald en met beide kinderen in het grote bed had gelegen, had ze besloten dat hun huwelijk over was. Ze was ervan overtuigd geweest dat ze haar leven niet kon delen met iemand die in staat was met zo'n geheim te leven. Maar naarmate de dagen waren gevorderd en haar eerste angst en woede wat waren gezakt, was ze er anders tegenaan gaan kijken. Op dit moment uit elkaar gaan, was geen optie. Nog los van het bedrijf dat ze samen runden, kon ze het Florian niet aandoen om vlak na zo'n ingrijpende gebeurtenis – waarvoor hij tijd nodig had te herstellen – zijn leven opnieuw op z'n kop te zetten. Ze zouden dus nog maanden moeten wachten. Maanden waarin het voor iedereen belangrijk was dat er rust kwam. Heleen had zichzelf dus gedwongen geen woede te laten zien en Carlo normaal te behandelen. Gek genoeg had ze juist daardoor binnen een paar dagen gemerkt dat die woede ook daadwerkelijk was gezakt. Niet dat ze hem meteen alles kon vergeven, maar ze had wel opengestaan voor de ingewikkelde gesprekken die ze onvermijdelijk hadden moeten voeren. Daarbij had ze gemerkt dat ook hij het verschrikkelijk moeilijk had met de situatie. Hij verweet zichzelf niet alleen dat hij niet open tegen Heleen was geweest, hij was er voor de volle honderd procent van doordrongen dat hij en hij alleen degene was die Florian in een situatie had gebracht waarin geen enkele ouder een kind wilde brengen. Hij had meerdere malen tegen Heleen gezegd dat hij het natuurlijk zou begrijpen als zij niet met hem verder wilde, maar dat hij dolgraag een tweede kans wilde om te laten zien hoeveel zijn huwelijk en zijn gezin hem waard waren. Uiteindelijk had Heleen gezegd dat hij die kans kreeg, en een beetje tot haar eigen verbazing had ze het echt gemeend.

Zwijgend dronken ze hun koffie. Heleen liet zich een beetje tegen Carlo aan zakken en hij verplaatste zijn hand van haar been naar haar schouder. Zo bleven ze zitten, kijkend de spelende kinderen en de hond in de tuin. Na een tijdje drong een heerlijke geur Heleens neusgaten binnen. Haar schoonmoeder stond al een hele tijd in de keuken om de lunch te bereiden en Heleen voelde haar maag knorren.

Ze keek op naar Carlo en glimlachte. Hij lachte terug en drukte een kus op haar voorhoofd. Heleen sloot even haar ogen. Ze waren er misschien nog niet, maar ineens wist ze zeker dat ze het samen wel zouden redden.

Gedwongen door de crisis gaan Anouk en haar gezin in Nederland op vakantie. In Bergen aan Zee krijgt de onbezorgde vakantie een totaal andere wending.

Door de crisis zit de jaarlijkse vakantie naar Spanje er dit jaar niet in voor Jan en Anouk, want de meubelwinkels waarvan Jan eigenaar is draaien minder goed. In plaats daarvan gaan ze met hun kinderen Timo en Lena naar Bergen aan Zee, waar ze gratis in het vakantiehuis van een bevriende zakenrelatie kunnen verblijven.

Anouk is hard toe aan de vakantie. Doordat Jan personeel heeft moeten ontslaan, moest ze voortdurend bijspringen. Bovendien zijn de spanningen in haar huwelijk opgelopen, omdat Jan meer oog heeft voor zijn computer dan voor haar. Anouk hoopt op vakantie weer dichter tot elkaar te komen. In eerste instantie lijkt dat ook te gebeuren. Jan is ontspannen en als hij ook nog een grote order krijgt, lijkt het eindelijk wat beter te gaan met zijn humeur. Anouk probeert op haar beurt iets positiefs te doen en organiseert een surpriseparty voor zijn veertigste verjaardag. Had ze dat maar nooit gedaan...

Zeezicht

Paperback, 288 pagina's

ISBN 978 94 6068 276 6

€ 15,-

Op een reünieweekend in het winterse Wenen halen de vriendinnen herinneringen op aan vroeger. Maar als het overlijden van jaarclubgenote Daniëlle ter sprake komt, heeft dat fatale gevolgen...

Het vijftienjarig bestaan van jaarclub Artemis mag niet ongemerkt voorbijgaan. En dus vertrekken Dominique en haar vriendinnen voor een lang weekend naar het winterse Wenen. Ook de partners mogen mee.

Nadat ze overdag de sprookjesachtige stad hebben bezocht, is het 's avonds een en al gezelligheid bij het haardvuur. De wijn vloeit rijkelijk en de jaarclubgenoten halen herinneringen op aan vroeger.

Er wordt ook stil gestaan bij het overlijden van jaarclubgenote Daniëlle, die in haar eerste studiejaar volkomen onverwacht zelfmoord pleegde. Als een van de vriendinnen in aangeschoten toestand verkondigt dat Daniëlle opzettelijk van het dak is geduwd, blijkt al snel dat dat niet bij iedereen goed valt. Kennelijk is iemand in de groep bereid heel ver te gaan om de waarheid te beschermen...

De Jaarclub

Paperback, 240 pagina's

ISBN 978 94 6068 267 4

€ 15,-

De kampeervakantie van Esther en Rob wordt overschaduwd door zijn vreemde gedrag. Als Esther met haar dochter terugkeert van een dagje Parijs, is alles op slag anders...

De gezellige kampeervakantie met het gezin, verloopt de eerste dagen precies zoals Esther de Koning had gedacht en gehoopt. Niet voor niets had ze er enorm naar uitgezien om weer eens lekker met zijn drieën op vakantie te gaan. Maar al snel begint haar man Rob zich vreemd te gedragen; hij heeft weinig aandacht voor zijn gezin en zit continu op zijn telefoon. Er ontstaan irritaties, vooral bij Esther. Die bereiken een hoogtepunt als Rob ineens en zonder reden van camping wil veranderen. Nu is niet alleen Esther maar ook Isa de dupe van zijn vreemde gedrag. Op de nieuwe camping lijkt het beter te gaan, maar dat is slechts van korte duur. Als Esther en Isa terugkeren van een dagje shoppen in Parijs, is Rob er niet om hen op te halen van het station. Ook reageert hij niet op de oproepen en berichtjes. Maakt Rob het nu al te bont of is er heel iets anders aan de hand?

Vive la France
Paperback, 256 pagina's
ISBN 978 94 6068 316 9
€ 10,-

Als haar kersverse echtgenoot tijdens de huwelijksreis verdwijnt, staat Hannah voor een raadsel. Hoe goed kent ze de mensen die ze altijd vertrouwde...

De romantische huwelijksreis van Hannah en Koen naar Curaçao wordt ruw verstoord als Koen tijdens het snorkelen spoorloos verdwijnt. Hannah wordt gek van angst.

De plaatselijke politie loopt niet zo hard als Hannah zou willen en ten einde raad gaat ze zelf op onderzoek uit. Die zoektocht brengt onaangename waarheden aan het licht. Als Hannah zelfs voor haar eigen leven moet vrezen, wordt ze geconfronteerd met de vraag of ze Koen wel zo goed kent als ze denkt.

Blue Curaçao is een spannende thriller over een desastreuze liefde die blind maakt en over mensen die zich anders voordoen dan ze in werkelijkheid zijn.

Blue Curaçao
Paperback, 288 pagina's
ISBN 978 94 6068 138 7 – € 10,-
ISBN 978 94 6068 199 8 – € 5,-

Op vakantie in Hurghada loopt Suzanne haar ex-vriend tegen het lijf.

Vijf jaar zijn Susan Waterberg en haar man Hugo getrouwd. Die mijlpaal wil Susan niet onopgemerkt voorbij laten gaan. Ze regelt haar schoonouders als oppas voor hun zoontje Stijn van drie en boekt een lastminutevakantie naar Hurghada. Voor Hugo is de trip een grote verrassing, zeker omdat hij zijn padi (duikbrevet) pas een jaar heeft. Nu kan hij eindelijk 'echt' gaan duiken..

Als ze op de duikschool inchecken krijgt Susan de schrik van haar leven. De duikinstructeur is een 'oude bekende' en confronteert haar met een gebeurtenis die ze altijd voor Hugo heeft verzwegen. De zorgeloze strandvakantie die Susan voor ogen had, verandert in een web van leugens en chantage. Om haar gezin te redden, zal ze definitief moeten afrekenen met haar verleden.

'Door de vaart, de onderhuidse spanning, maar ook door de menselijke keuzes van de hoofdpersoon blijf je 'hooked' aan dit boek.' – SANDER VERHEIJEN, CRIMEZONE.NL ****

Last Minute

Paperback, 256 pagina's

ISBN 978 94 6068 075 5

€ 5,-

Anne geniet volop van haar relaxte leven als makelaar aan de Spaanse Costa. Een gruwelijke vondst in een van de villa's zet alles op zijn kop...

Anne Verhulst geniet met volle teugen van haar leven in Spanje, waar ze werkt op een makelaarskantoor van luxe vakantievilla's. Het warme klimaat, de zon, de zee en natuurlijk Daniel maken haar leven perfect. Haar Spaanse vriend overlaadt haar met passie, aandacht en de meest uitbundige cadeaus. Hij is een schril contrast met haar nieuwe baas, de zoon van Henk Bleiswijk, die het kantoor van zijn vader heeft overgenomen. Als Anne op een dag de gehandicapte dochter van haar voormalige baas in een van de villa's vindt, vastgebonden en onder het bloed, is het over met haar zorgeloze leventje. Als ook het kantoor overhoop wordt gehaald en Anne merkt dat ze wordt gevolgd, wordt ze echt bang. Waarom hebben de criminelen het juist op haar voorzien?

'Viva España is een heerlijke, zomerse thriller, die je lekker in de zon, op het balkon of op vakantie op het strand of aan het zwembad moet gaan lezen!' – CHICKLIT.NL *****

Viva España
Paperback, 256 pagina's
ISBN 978 94 6068 178 3 – € 10,-
ISBN 978 94 6068 239 1 – € 5,-

Voetbalvrouw Michelle gaat mee op trainingskamp naar Gran Canaria. Maar wat een gezellige week belooft te worden, eindigt in een nachtmerrie.

Voetbalvrouwen
Paperback, 160 pagina's
ISBN 978 94 6068 153 0
€ 7,50

Op kampeervakantie met haar gezin in Frankrijk raakt Mieke in de ban van de mysterieuze Ewoud. Al snel loopt de spanning op...

Vakantievrienden
Paperback, 108 pagina's
ISBN 978 94 6068 104 2
€ 5,-

Tijdens de skivakantie in Kirchberg verdwijnt de kleine Marius. Een grote zoekactie levert niets op en de politie staat voor een raadsel...

Piste Alarm
Paperback, 240 pagina's
ISBN 978 94 6068 159 2
€ 5,-

De wintersportreis van Nienke heeft alles weg van een droom, zeker als twee reisgenoten avances maken. Maar de meeste dromen zijn bedrog...

Ski Resort

Paperback, 224 pagina's

ISBN 978 94 6068 218 6

€ 7,50

Vier stellen gaan op skivakantie naar Saalbach Hinterglemm. Als een van hen verongelukt bij het offpisteskiën begint een duistere reis door het verleden...

Off Piste

Paperback, 256 pagina's

ISBN 978 94 6068 151 6

€ 7,50

Vier vriendinnen genieten van een skivakantie in Kirchberg. De moord op een van hen stelt de politie voor een raadsel.

Winter Chalet

Paperback, 256 pagina's

ISBN 978 94 6068 157 8

€ 5,-

Colofon

Redactie: Karin Dienaar
Omslagillustratie: Getty Images
Omslagontwerp: Riesenkind
Zetwerk: V3-Services
Druk: Koninklijke Wöhrmann

Eerste druk mei 2014
Zevende druk mei 2016

ISBN	978 94 6068 332 9
E-ISBN	978 94 6068 896 6
NUR	305

Uitgeverij Marmer BV
De Botter 1
3742 GA BAARN
T: +31 649881429
I: www.uitgeverijmarmer.nl
E: info@uitgeverijmarmer.nl

www.lindavanrijn.nl
twitter.com/lindavanrijn